Le Livre de Poche

Jeunesse

W0318454

PAGAILLE À PARIS

DU MÊME AUTEUR DANS
Le Livre de Poche Jeunesse

La photo qui tue (neuf histoires à vous glacer le sang)
Satanée grand-mère !
Le Diable et son valet
Signé F. K. Bower
Mortel Chassé-croisé

Les aventures de David Eliot

L'île du Crâne
Maudit Graal

Série : Les Frères Diamant

Le Faucon malté
L'ennemi public n° 2
Devine qui vient tuer ?
Pagaille à Paris

Série : Alex Rider

Stormbreaker
Pointe Blanche
Skeleton Key
Jeu de tueur
Scorpia
Arkange

ANTHONY HOROWITZ

PAGAILLE À PARIS

4 enquêtes des Frères Diamant

Traduction : Annick Le Goyat

Qui est l'auteur ?

Né en 1957, Anthony Horowitz a écrit près d'une quinzaine de livres pleins d'humour pour enfants et adolescents. Il a un jeune public passionné autant en France que dans la douzaine de pays où ses histoires policières, fantastiques et d'horreur sont traduites. En Angleterre, son pays d'origine, il est également connu pour ses scénarios de séries télévisées. Certains de ses livres, comme *L'île du crâne*, *Le faucon malté* ou *Satanée grand-mère* collectionnent les prix et *Les aventures d'Alex Rider* remportent un succès sans précédent. Un film a été réalisé à partir du premier épisode, *Stormbreaker*.

© Anthony Horowitz, 2002, pour *Pagaille à Paris*,
paru sous le titre original : THE FRENCH CONFECTION.
© Anthony Horowitz, 2002, pour *L'homme sans visage*,
paru sous le titre original : THE BLURRED MAN.
© Anthony Horowitz, 2006, pour *Noël à la grecque*,
paru sous le titre original : THE GREEK WHO STOLE CHRISTMAS.
© Anthony Horowitz, 2002, pour *À qui le tour*,
paru sous le titre original : I KNOW WHAT YOU DID LAST.

© Hachette Livre, 2000 et 2007, pour la présente édition de *Pagaille à Paris*.
© Librairie Générale Française, 2007, pour la présente édition de
L'homme sans visage, *Noël à la grecque* et *À qui le tour*.

PAGAILLE À PARIS

1

Comment dit-on « meurtre » en français ?

Tout a commencé avec un yaourt à la fraise.

C'était tout ce qui restait dans le réfrigérateur pour le petit déjeuner, et Tim et moi avions joué à pile ou face pour savoir qui aurait la première bouchée. Ensuite, nous avions rejoué à pile ou face pour décider qui garderait la pièce. Tim gagna les deux fois. J'étais là, assis à la table, en train de me ronger les ongles car c'était tout ce que j'avais à me mettre sous la dent, quand Tim fit un énorme rot et agita sa cuillère en l'air, comme pour écraser une mouche.

— Qu'est-ce que tu as, Tim ? Non, ne me le dis pas ! Tu as trouvé une fraise...

— Non, Nick ! Regarde !

De l'autre main, il tenait le couvercle qu'il venait d'arracher du pot de yaourt. Et voilà ce qui était inscrit au verso :

FÉLICITATIONS !
VOUS AVEZ GAGNÉ UN WEEK-END
POUR DEUX À PARIS
Pour en savoir plus, appelez vite ce numéro de téléphone.

— J'ai gagné, Nick ! haleta Tim. Un week-end pour deux...

Il s'interrompit et se mordilla le pouce :

— Je me demande qui je vais emmener.

— Je te remercie, marmonnai-je. C'est moi qui ai acheté le yaourt.

— Avec mon argent.

— Sans moi, tu aurais acheté une glace au chocolat.

Tim se renfrogna.

— Mais... Paris, Nick ! Je veux y emmener ma petite amie.

— Je te rappelle que tu n'as pas de petite amie, Tim.

Trois semaines plus tard, nous faisions la queue devant les lignes internationales de la gare de St. Pancras. Tim portait les billets. Moi, les bagages.

Nous avions deux sièges côte à côte, juste au milieu d'une des voitures. Le train était bondé et deux autres passagers ne tardèrent pas à prendre place en face de nous. Le premier était originaire du Texas. Ça se devinait à son chapeau. Il mâchonnait un cigare éteint (nous étions dans un compartiment non-fumeur) et lisait un magazine : *Pétrole International*. L'autre était une très vieille dame aux cheveux blancs, avec une peau tellement ridée qu'on se demandait comment elle tenait encore en place. Elle avait des yeux immenses, ou bien des lunettes très puissantes. Dans un cas comme dans l'autre, cela me gênait de la regarder et je préférai tourner les yeux vers la fenêtre.

Le train partit à 10 h 10. Il n'y eut pas de coup de sifflet. Pas d'avertissement. Je n'aurais pas deviné qu'il démarrait si je n'avais perçu une légère vibration. Et encore, ce n'était pas le train qui vibrait mais Tim. Manifestement, il était surexcité.

Environ une heure plus tard, il y eut une annonce dans les haut-parleurs et le train s'engouffra dans le tunnel.

Un parking, un mur en ciment blanc, et le monde extérieur disparut subitement, remplacé par une intense obscurité. Tim, qui se tenait prêt avec son appareil photo à la main, recula, déçu.

— C'est tout ?

Je levai les yeux de mon livre :

— À quoi tu t'attendais, Tim ?

— Je croyais que le train passait sous l'eau ! soupira mon frère. J'espérais prendre des photos de poissons...

La vieille dame nous avait entendus et elle leva le nez de son tricot.

— J'adore voyager en train ! déclara-t-elle.

Je m'aperçus alors qu'elle était française. Son accent était si épais qu'on aurait pu s'envelopper dedans pour avoir chaud.

— Sûr que c'est un sacré truc, acquiesça le Texan. Londres-Paris en trois heures. Pour les affaires, c'est au poil.

— Et dans quelles affaires êtes-vous ? s'enquit la vieille dame.

Le Texan brandit son magazine.

— Le pétrole. Je m'appelle Jed Mathis.

— Vous avez des affaires dans le pétrole ? Ça doit être très salissant, remarqua Tim.

— Moi, je tiens une petite pâtisserie, dit la vieille dame. Je m'appelle Érica Nice... Tenez, goûtez donc un de mes croissants.

Et avant que quiconque pût l'arrêter, elle sortit un sac de croissants et en offrit à chacun de nous.

Tim reposa son appareil photo et prit un croissant. Au même moment, un steward s'approcha en poussant un de ces chariots chargés de sandwichs et de café. Il était mince, pâle, avec une moustache tombante et des yeux légèrement globuleux. Sur son insigne, on lisait « Michel Sinet ». Je me rappelle avoir pensé, déjà à ce moment-là, qu'il avait l'air nerveux. Un homme que les voyages angoissent, me dis-je. Mais alors, pourquoi travailler dans un train ?

Jed exhiba un portefeuille bourré de dollars et nous offrit le café à tous. Un petit déjeuner gratuit, et nous n'étions pas encore arrivés ! Décidément, notre situation s'améliorait.

— Et vous, que faites-vous ? questionna Érica Nice en se tournant vers mon frère.

Tim la gratifia d'un sourire en biais, qui était censé lui donner l'air malin. En fait, il avait plutôt l'air d'avoir mal au cœur.

— Je suis détective privé, dit-il.

Le steward laissa tomber une tasse. Par chance, il n'avait pas encore versé l'eau dedans. Le café lyophilisé saupoudra les *Kit Kat*.

— Détective privé ? roucoula Érica Nice. Comme cela doit être passionnant !

— Vous allez à Paris pour votre travail ? demanda le Texan.

Bien entendu la réponse était « non », mais Tim ne pouvait l'admettre. Il aimait passer pour un homme mystérieux. Il se pencha en avant et fit un clin d'œil :

— Tout à fait entre nous, dit-il d'une voix traînante, je suis sur une affaire. Une histoire très spéciale.

Tu parles, pensai-je. Une histoire de dingue, oui. Mais Tim continua :

— En réalité, j'ai été engagé par *Interplop*.

— Vous voulez dire *Interpol ?* intervint le Texan.

— Oui, la Police internationale, acquiesça Tim. C'est un dossier classé « top secret ». D'ailleurs, il est tellement secret qu'il n'est même pas classé. Bref, poursuivit-il en gesticulant avec son croissant, c'est une affaire pour moi, Tim Diamant.

Visiblement, le steward n'en avait pas perdu une miette. Ni de l'histoire ni du croissant. Ses mains tremblaient tellement, quand il posa la première tasse de café, que le liquide se répandit sur la table.

— Où comptez-vous séjourner à Paris ? demanda Érica Nice.

— Dans un hôtel qui s'appelle *Le Rat Frit*, répondit Tim.

— *Le Chat Gris*, rectifiai-je.

Le nom de l'hôtel sembla produire sur le steward l'effet d'une décharge électrique. Je le vis reculer et trébucher contre le chariot. Les bouteilles s'entrechoquèrent. Deux boîtes de biscuits tombèrent par terre. L'homme était terrorisé. Mais pourquoi ?

— Paris est tellement beau au printemps, dit la vieille dame.

De toute évidence, elle avait remarqué la réaction du steward et elle essayait de changer de sujet.

— Combien je vous dois pour les cafés ? demanda l'Américain.

— Deux livres quarante...

Le steward ramassa les biscuits. À la façon dont il encaissa l'argent et s'en alla, je compris qu'il voulait s'éloigner de nous le plus vite possible. Et j'avais raison. Il ne s'arrêta même pas auprès des autres passagers. Il disparut tout bonnement. Plus tard, quand je me rendis aux toilettes, je vis le chariot abandonné dans l'allée.

Le train arriva gare du Nord une heure plus tard. Alors que chacun s'affairait pour récupérer ses bagages, Tim contempla pensivement le nom sur les pancartes.

— Nous sommes seulement gare du Nord ? Mais à quelle heure allons-nous arriver à Paris ?

— Nous y sommes, Tim.

— Je vous souhaite un agréable séjour, dit Érica Nice.

Elle fit un clin d'œil à Tim et ajouta :

— Et bonne chance pour votre affaire !

Pendant ce temps, le Texan avait empoigné sa mallette en cuir. Il nous salua d'un bref signe de tête et fendit la foule pour gagner la sortie. Quelques instants plus tard, après avoir récupéré nos deux sacs, Tim et moi étions sur le quai, très indécis sur la direction à prendre.

— Allons-y en métro, suggérai-je. Nos moyens ne nous permettent pas de prendre un taxi.

Tim secoua la tête.

— Laisse tomber le métro, Nick. Prenons le tube.

Il se croyait encore à Londres. Je ne cherchai même pas à discuter. De toute façon, je n'aurais pas pu car le steward surgit tout à coup devant nous. Ses yeux étaient exorbités, son visage dégoulinait de sueur et le col de sa veste semblait soudain l'étrangler...

— Je dois vous parler, monsieur, souffla-t-il d'une voix rauque.

Mon français suffisait tout juste à le comprendre.

— Ce soir. Onze heures, au café Procope.

— Merci, pas de café pour moi, répondit Tim qui, je crois, n'avait rien compris.

— Méfiez-vous de *l'Américain fou* ! murmura le steward, comme si la peur l'empêchait de parler à voix haute.

— *L'Américain fou ?*

Il était sur le point d'ajouter quelque chose, mais son visage changea de nouveau d'expression. Pendant un instant, il parut se figer, comme si son pire cauchemar venait de se réaliser. Je jetai un coup d'œil autour de nous... S'il avait reconnu quelqu'un dans la foule, moi, je ne vis rien.

— Mon Dieu ! murmura-t-il.

Il saisit la main de Tim et y glissa quelque chose. Puis il tourna les talons et s'éloigna en titubant.

Tim ouvrit sa main et découvrit une petite pochette bleue, avec une étoile dorée imprimée sur une face. Un sachet de sucre du train.

— Qu'est-ce que ça veut dire ? grommela Tim.

Je pris le sachet de sucre et le glissai dans la poche arrière de mon pantalon.

— Je ne sais pas, Tim.

Je ne mentais pas. Pourquoi le steward nous avait-il donné un sachet de sucre ? Pourquoi justement à nous ?

— Drôles de gens, ces Français, remarqua mon frère.

Dix minutes plus tard, nous étions encore à la gare du Nord. Nous n'avions pas d'argent français et il y avait la queue devant le bureau de change. Nous venions d'atteindre le guichet lorsque le cri retentit.

Jamais je n'avais entendu un tel hurlement, aigu, strident, atrocement ultime. La gare était vaste et bruyante, pourtant le cri parut fendre la foule comme un scalpel. Chacun interrompit ce qu'il était en train de faire et se retourna pour voir d'où il venait. Tim lui-même l'entendit.

— Oh, mon Dieu ! On dirait que quelqu'un a marché sur un chat.

Tim changea vingt livres, empocha l'argent français et nous partîmes en direction du métro. Une voiture de police était déjà arrivée et plusieurs agents couraient vers les quais. Je m'efforçai de comprendre ce que racontaient les badauds.

— Que s'est-il passé ?

— C'est terrible. Quelqu'un est tombé sous un train.

— Un steward. Il était dans le train de Londres. Il est tombé du quai.

— Il est blessé ?

— Mort. Écrasé.

J'entendis beaucoup de choses, je compris quelques bribes et ce que je compris ne me plut pas du tout. Un steward ? Du train de Londres ? Inutile de demander son nom.

— Comment dit-on « meurtre » en français, Tim ?

Mon frère haussa les épaules.

— Pourquoi veux-tu le savoir ?

— Je ne sais pas.

Je m'engageai sur l'escalator qui descendait vers le métro.

— J'ai comme l'impression que ça pourrait nous servir.

— Un accident. Il [illegible] dans une [illegible] de Londres. Il est tombé du quai.
— Il est blessé ?
— Non. Écrasé.
J'entendis beaucoup de choses, [illegible] quelques bribes, et ce que je compris ne me plut pas du tout. [illegible] de Londres ? Inutile de demander son nom.
— Comment dit-on [illegible] en français ?
« Le Chat Gris »
Mon frère haussa les épaules.
— Pourquoi veux-tu le savoir ?
— Je ne sais pas.
Je m'engageai sur l'escalier qui descendait vers le métro.

Le Chat Gris était un petit hôtel du Quartier latin, coincé entre une galerie d'art et un restaurant. Un chat en fer, plus rouillé que gris, était suspendu au-dessus de l'entrée. Des fleurs aux couleurs vives ornaient les rebords des fenêtres. Le hall était petit et sombre, comme le réceptionniste qui, en plus, louchait. Pour examiner nos passeports, il dut les lever au niveau de son nez. Il nota nos noms, puis nous expédia vers une chambre du cinquième étage. Heureusement, il y avait un ascenseur de la taille d'une cabine téléphonique. Je m'y entassai avec Timm

2

« *Le Chat Gris* »

Le Chat Gris était un petit hôtel du Quartier latin, coincé entre une galerie d'art et un restaurant. Un chat en fer, plus rouillé que gris, était suspendu au-dessus de l'entrée. Des fleurs aux couleurs vives ornaient les rebords des fenêtres.

Le hall était petit et sombre. Comme le réceptionniste qui, en plus, louchait. Pour examiner nos passeports, il dut les lever au niveau de son oreille. Il nota nos noms, puis nous expédia vers une chambre du cinquième étage. Heureusement, il y avait un ascenseur, de la taille d'une cabine téléphonique. Je m'y entassai avec Tim et nos bagages. L'ascenseur nous hissa lentement, en grinçant et vibrant. Je pris la décision, dorénavant, d'emprunter l'escalier.

Notre chambre était située sous les toits, avec des poutres si basses qu'il aurait fallu être bossu pour ne pas s'y cogner la tête. Il y avait deux lits jumeaux, une fenêtre étroite donnant sur les toits, une commode et une salle de bains trop petite pour prendre un bain.

Nous ressortîmes aussitôt nos bagages défaits. Après tout, nous étions déjà jeudi et nous devions repartir dimanche soir. À la réception, le loucheur bavardait avec un autre homme, un type baraqué avec des yeux noirs, des cheveux noirs plaqués en arrière, et un costume gris anthracite. Ils s'arrêtèrent de parler à notre arrivée. Je laissai tomber la clé sur le comptoir. *Clink.*

— Merci, dis-je.

Les deux hommes ne répondirent rien. C'était peut-être à cause de mon accent.

Il y avait un miroir à côté de la porte d'entrée. Sans lui, je n'aurais pas remarqué ce qui se produisit ensuite. Au moment où Tim et moi allions sortir, l'homme en costume gris prit ma clé et la tourna pour lire le numéro. Une chose était sûre : nous l'intéressions. Son regard dénué d'expression nous scruta jusqu'à ce que nous soyons dans la rue.

D'abord, la mort du steward du train. Son ultime avertissement « *Méfiez-vous de l'Américain fou !* » Et maintenant ceci. L'air empestait et je savais que ce n'était pas seulement le fromage français.

— Par où, Nick ?

Tim avait déjà pris trois photos : l'hôtel, un réverbère et une boîte à lettres, et il m'attendait dans la lumière faible du crépuscule. Je secouai la tête. Je me conduisais comme un idiot. Nous passions le week-end à Paris. Tout allait bien.

— Essayons par là, proposai-je.

Aussitôt dit, aussitôt fait.

Le lendemain, je fis avec Tim ce que font tous les touristes : la visite de la tour Eiffel. Mais Tim s'évanouit et il fallut redescendre. Puis Notre-Dame. Je pris une photo de Tim et une photo d'une gargouille, en espérant ne pas les confondre une fois développées. Les Champs-Élysées, le jardin des Tuileries. À midi, mon estomac gargouillait. Mes pieds aussi, ce qui était plus inquiétant. Nous avions dû parcourir plus de dix miles. Et les mesurer en kilomètres ne les faisait pas paraître plus courts.

Nous déjeunâmes dans une brasserie. Tim commanda deux sandwichs au jambon, une bière pour lui et un Coca pour moi. Je répétai la commande, mais avec des mots que le serveur pouvait comprendre. Les sandwichs arrivèrent : trente centimètres de pain mais, selon mes calculs, seulement quinze centimètres de jambon.

— C'est ça la vie, hein, Nick ? dit Tim avec un soupir d'aise, en sirotant sa bière.

— Oui, Tim. Et ça, c'est l'addition.

Il y jeta un coup d'œil et avala de travers.

— Soixante livres ! s'écria-t-il.

— Euros, Tim.

Il sortit de ses gonds.

— Nick ! Ce déjeuner ne valait vraiment pas soixante livres !

Je soupirai, payai et entraînai Tim.

Nous retournions vers l'hôtel lorsque cela se produisit. Nous marchions dans une de ces rues étroites et paisibles de la rive gauche. Soudain, deux hommes surgirent et nous bloquèrent le passage. Le premier portait un costume en lin blanc, tellement sale et fripé qu'il pendouillait sur lui comme un vieux sac en papier. C'était l'un des hommes les plus laids que j'aie jamais vus. Il avait deux yeux gris, un petit nez et une bouche mince comme un couteau, mais rien de tout cela n'était à sa place. On aurait dit que son visage avait été dessiné par un enfant de six ans.

Son acolyte, plus jeune, avait le corps d'un singe. D'ailleurs, à en croire la lueur terne de son regard, il en avait aussi le cerveau. Il portait un jean, un blouson de cuir, et il fumait. Des traces de nicotine marquaient ses doigts et le dos de ses mains. Probablement ses avant-bras aussi.

— Bonsoir, dit Costume Blanc en anglais, avec un accent.

Sa voix sortait comme le chuintement d'un ballon crevé.

— Je m'appelle Delaire. On m'appelle « Beau » Delaire. Et mon ami, Victor, Hugo Victor. J'ai à vous parler.

— Si c'est pour demander votre chemin, adressez-vous à quelqu'un d'autre, répondit Tim. Nous aussi, nous sommes perdus.

— Oh, non, je ne suis pas perdu, sourit Delaire, en dévoilant des dents couleur moutarde. Non. Je veux savoir ce qu'il vous a dit.

— De quoi parlez-vous ? demandai-je.

— Le steward du train. Qu'est-ce qu'il vous a dit ?

Il s'interrompit un instant puis reprit :

— Hugo !

Delaire fit un signe de la tête et son partenaire sortit de sa poche ce qui ressemblait à une petite statue de la Vénus de Milo. Vous savez, la femme nue sans bras.

— Non, merci, dit Tim. Nous ne sommes pas...

Hugo actionna un bouton et une lame aiguisée de vingt centimètres de long jaillit de la tête de la statuette.

— Où est-il ? questionna Costume Blanc dans un murmure.

— Votre ami l'a dans la main, répondit Tim d'une voix rauque.

— Pas le couteau ! L'objet ! Celui qu'on vous a donné hier, à la gare du Nord.

— On ne m'a rien donné, se défendit Tim dans un gémissement.

— C'est vrai, dis-je, sachant pourtant que ça ne l'était pas.

Delaire se mit à cligner nerveusement des paupières.

— Vous mentez.

— Mais non, dit Tim. Croix de bois croix de fer, si je mens je vais en...

— Tim !

— Tue-les tous les deux, aboya Delaire.

Ils avaient bel et bien l'intention de nous tuer ici, dans cette rue tranquille de Paris. Hugo leva son couteau, ses doigts jaunis serrés sur le manche. Une goutte de salive luisait au coin de ses lèvres. Je jetai un coup d'œil derrière moi pour voir si nous pouvions fuir. C'était sans espoir. Hugo nous couperait en deux avant que nous ayons fait un pas.

— Le plus vieux d'abord, ordonna Delaire.

— C'est lui ! dit mon frère en me montrant du doigt.

— Tim !

Le couteau s'éleva entre nous.

C'est alors qu'un groupe de touristes américains apparut au coin de la rue. Ils étaient une vingtaine, accompagnés d'un guide, et ils jacassaient avec excitation en venant vers nous. Tout à coup, ils nous entourèrent et je pris conscience que c'était notre seule chance de fuite. Je saisis le bras de Tim pour l'entraîner, en prenant soin de garder un mur d'Américains entre nous et nos agresseurs. Une fois au bout de la rue, le groupe partit d'un côté et nous de l'autre, à toutes jambes.

Nous fîmes halte près d'une église pour reprendre notre souffle. Alentour, des mimes, des jongleurs et des vendeurs de bijoux artisanaux installaient déjà leur matériel pour la soirée.

— Qu'est-ce que c'est que cette histoire ? marmonnai-je, plus pour moi-même que pour Tim.

— Ils ont essayé de nous tuer, Nick !

— Ça, j'ai remarqué. Mais pourquoi ?

Tim réfléchit un moment.

— Ils n'aiment peut-être pas les étrangers.

— Ils cherchaient quelque chose.

Je savais déjà que cela avait un rapport avec le steward et le sachet de sucre qu'il nous avait remis à la gare du Nord. Mais que pouvait avoir de si important un sachet de sucre ? Il était toujours dans ma poche. Je le tâtai à travers le tissu mais décidai de ne pas le sortir. Pas dans la rue.

— Rentrons à l'hôtel, dit Tim.

En approchant du *Chat Gris,* un homme, sur le trottoir d'en face, attira mon attention. Mon instinct me souffla qu'il nous attendait. Il tenait un appareil photo devant son visage. Au moment où je me tournai pour le regarder, je vis son index bouger et j'entendis presque le déclic du téléobjectif. Puis il abaissa son appareil et je reconnus l'homme aux cheveux noirs et au costume gris qui était à la réception le matin même, au moment où nous quittions l'hôtel.

Michel Sinet, le steward.

« Beau » Delaire et Hugo Victor.

Et maintenant cet homme. Mais que se passait-il donc à Paris ? Pourquoi tout le monde s'intéressait-il à nous ?

Tim était déjà entré dans l'hôtel. Je le suivis, de plus en plus mal à l'aise.

Le réceptionniste loucheur nous tendit la clé et nous montâmes par l'escalier jusqu'au sommet de l'hôtel. J'avais l'esprit en ébullition mais, je dois l'avouer, mes réflexions ne menaient nulle part. En fait, je commençais à me demander si mon frère n'avait pas raison et si je n'étais pas en train de tout imaginer. Tim ouvrit la porte... et poussa un cri étranglé.

Notre chambre avait été dévastée. Les draps arrachés du lit et le matelas éventré. Le tapis retourné et les rideaux déchirés. Les vestes et les pantalons de Tim éparpillés dans toute la pièce. « Éparpillés » est le mot juste. Il y avait une manche sur le rebord de la fenêtre, une jambe de pantalon dans la baignoire, une poche isolée sous ce qui restait du lit. Nos valises étaient découpées et retournées. Il allait en falloir une neuve pour porter le reste à la poubelle.

Tim contempla le carnage et déclara :

— Je ne suis pas très content du service d'étage.

— Ce n'est pas le service d'étage qui a fait ça, Tim. Notre chambre a été fouillée.

— Qu'est-ce que nous allons faire ?

— Mieux vaut prévenir la police.

Je cherchai le téléphone et finis par le trouver. Du moins ce qui en restait. Il aurait fallu un expert en électronique ou un champion de puzzle pour le remettre en état.

— Viens, Tim. Nous pouvons utiliser le téléphone du hall.

J'avais remarqué la cabine à notre arrivée. Une porte vitrée ouvrant sur une sorte de placard à balais, avec un téléphone accroché au mur. Hormis le réceptionniste, le hall était désert.

— C'est quoi, 999 en français ? s'enquit Tim.

— 17, répondis-je.

La porte vitrée se referma doucement derrière nous. Tim et moi étions comprimés l'un contre l'autre dans l'espace exigu.

Du coin de l'œil, j'aperçus le réceptionniste esquisser une sorte de sourire et chercher quelque chose sous son bureau. Mais, sur le moment, je ne réagis pas. Je composai le numéro. Il y eut un long silence.

— Que se passe-t-il ? s'inquiéta Tim.

— Il n'y a pas de ligne.

— Pourquoi tu siffles ?

— Je ne siffle pas.

— Qui, alors ?

Je me tus, le téléphone dans la main. Tim avait raison. On entendait un sifflement. Je baissai les yeux et remarquai une grille dans le sol. Le sifflement provenait de là. Du gaz. Du gaz injecté à l'intérieur de la cabine téléphonique. Je me souvins alors, trop tard, du geste du réceptionniste. Il avait dû ouvrir un robinet. Je pivotai vers la porte. Déjà, la tête commençait à me tourner.

— Le gaz ! hurlai-je.

— Tu as dû composer un faux numéro ! s'écria Tim.

Je tendis la main vers la porte mais, tout à coup, elle me parut à des kilomètres. La cabine se mit à tournoyer. J'essayai de garder mon équilibre mais je m'écroulai contre Tim et l'entraînai avec moi vers le sol. Le sifflement envahissait tout. J'avais l'impression d'être cerné par des serpents, mais ce n'était que les bras et les jambes de Tim.

— Quelles vacances ! l'entendis-je murmurer.

Puis tout devint noir.

s
s
les
s
s
gravé
bère
sis
tions
se
des
n

3

Paris by night

Je compris que j'avais des ennuis avant même d'ouvrir les yeux. J'étais assis sur une chaise en bois dur, les chevilles attachées aux pieds de la chaise, les mains ligotées derrière le dos. Et quand j'ouvris les yeux, la situation me parut bien plus grave encore. Tim était à côté de moi, pâle et hébété. « Beau » Delaire et Hugo Victor étaient assis en face de nous. Ils fumaient.

Nous étions dans une vaste pièce vide, qui aurait pu se trouver n'importe où. Un plancher en bois, des murs en plâtre blanc sans aucune décoration. Un lustre cassé pendait au plafond.

Quelque part, au loin, je crus entendre chanter. Ça ne ressemblait pas à de la musique française. On aurait dit un air religieux. Cela faisait penser à une église. À un enterrement. Il fallait seulement espérer que ce n'était pas pour nous.

— Bonsoir, dit Delaire à voix basse.

Je ne voyais rien de bon là-dedans, aussi je ne répondis pas.

Il poussa un soupir et reprit d'un ton raisonnable :

— Vous nous avez mis dans le pétrin. On vous a fouillés, on a fouillé votre chambre. Allez-vous enfin me dire où vous l'avez caché ?

— Qui ? s'écria Tim.

Delaire soupira.

— Je parle du paquet que vous a donné Michel Sinet.

Tim ouvrit des yeux ronds.

— Le steward du train de Londres.

— Ex-steward, corrigea Hugo.

Il y avait quelque chose de terrible dans sa voix, et je compris soudain comment Sinet était « tombé » sous le train.

En gigotant sur ma chaise, je sentis le renflement du sachet de sucre dans ma poche arrière. Il était toujours là ! Et je savais pourquoi. Ils avaient fouillé Tim, mais ils m'avaient ignoré. À leurs yeux, je n'en valais pas la peine. Je n'avais que treize ans.

— Il nous a donné une tasse de café, expliqua Tim. Mais nous l'avons bue !

Je l'interrompis pour demander :

— Qui êtes-vous, d'abord ? Je vous assure que le steward ne nous a rien donné. Nous sommes ici en vacances.

— Non, non, non, dit Delaire en secouant la tête. Inutile de mentir. Je sais que ton frère est détective privé. Je sais qu'il a été envoyé à Paris par *Interpol*.

Il fit une grimace affreuse. Avec la tête qu'il avait, ce n'était pas difficile.

— Maintenant je veux que vous nous disiez ce que vous savez exactement, et qui vous a mis au courant.

— Mais je ne sais rien ! gémit Tim.

Jamais il n'avait été plus sincère de sa vie. Il ne s'était peut-être même pas rendu compte que tout était de sa faute. Si seulement il n'avait pas parlé à tort et à travers dans le train ! Mais, tout à coup, une nouvelle question se posa à moi. Comment Delaire et Victor étaient-ils au courant de l'histoire inventée par Tim ? Le steward avait-il parlé avant de mourir ? Ou bien était-ce quelqu'un d'autre ?

— C'est la vérité, insistai-je. Nous avons gagné un week-end à Paris.

— Dans un yaourt, précisa Tim. Un yaourt à la fraise...

Delaire et Victor se rapprochèrent l'un de l'autre pour se concerter à voix basse. Pendant ce temps, je tentai de me débarrasser de mes liens. En vain. Quelque chose me disait que notre situation allait bientôt devenir beaucoup, beaucoup plus grave.

— Je vous crois, dit Delaire.

— Génial ! s'exclama Tim.

— Donc nous allons vous tuer.

— Ah...

Le visage de Tim se décomposa.

Delaire se dirigea vers le mur opposé de la salle, et je me tordis le cou pour l'observer. Je découvris alors que ce n'était pas un mur, mais un panneau entier de portes allant du sol au plafond. Il les ouvrit et toute l'histoire prit un sens.

La drogue.

Un laboratoire complet se trouvait de l'autre côté des portes. J'apercevais sur des tables en fer de grands tas de poudre blanche. De la poudre blanche aussi sur les plateaux de balances dorées. D'autres encore que l'on versait par cuillerées dans des sacs en plastique. Et partout s'affairaient des gens, pour la plupart en blouse blanche, qui manipulaient cette poudre blanche dans un silence total, comme s'ils avaient conscience que c'était la mort qu'ils tenaient dans leurs mains.

Hugo Victor, le plus jeune de nos geôliers, disparut un instant. Quand il revint, il portait quelque chose qu'il remit à Delaire. Jamais de ma vie je n'avais eu aussi peur et, vous me connaissez, je ne m'affole pas facilement.

Delaire tenait un flacon de pilules.

— Qu'est-ce que vous..., commença Tim.

Il poussa un cri. On lui tira la tête en arrière et on le força à ouvrir la bouche. De mon côté, je perdis la tête. Je me mis à me balancer d'avant en arrière sur ma chaise, à brailler, à essayer de donner des coups de pied, à gigoter. En vain. La main gauche de Victor s'abattit sur mon épaule et sa main droite me saisit le menton. Je ne pouvais rien faire. Il me fourra une demi-douzaine de cachets dans la bouche. J'essayai de les recracher. Impossible. Je toussai en cherchant à reprendre mon souffle, et les cachets disparurent au fond de ma gorge.

Après cela, tout se passa très vite. Il me sembla que les lumières de la pièce devenaient plus vives, que les murs commençaient à tourner, lentement d'abord, comme sur un manège de fête foraine. Mais ça n'avait vraiment rien d'une fête. La drogue est un poison et on m'avait donné une overdose. J'étais en nage. Je voulus parler mais ma langue refusait de bouger. De toute façon, ma bouche était trop sèche.

Victor et Delaire défirent nos liens et nous portèrent dehors. Une camionnette blanche attendait dans une cour fermée. Je jetai un coup d'œil à la maison que nous venions de quitter. C'était une bâtisse grise de trois étages. La peinture de la façade s'écaillait et on distinguait des traces de brûlure, comme s'il y avait eu un incendie. La majorité des fenêtres étaient cassées. Certaines étaient murées. La maison avait l'air abandonné, et c'était sans doute voulu.

On nous poussa dans la camionnette et mon estomac se souleva quand elle démarra. Elle passa sous un porche et déboucha dans... Où ? Je cherchai la fenêtre à tâtons pour regarder dehors, mais le monde tournait de plus en plus vite et tanguait. Je parvins seulement à distinguer trois mots en lettres de néon, qu'il me fallut un temps fou pour comprendre :

LA FRENCH CONFECTION

La camionnette prit un virage et je perdis

l'équilibre. J'aperçus brièvement une étoile bleue... sur un drapeau ou peut-être le côté d'un immeuble. Puis le bruit du moteur enfla et m'apaisa. J'avais l'impression de sombrer dans son ronronnement. Quelqu'un criait. Je mis mes mains sur mes oreilles et je m'aperçus alors que c'était moi.

Le voyage dura quelques mois, ou quelques années. J'avais perdu toute notion de temps. Qu'est-ce qu'ils m'avaient donné ? En tout cas c'était efficace. Ça me tuait. Je sentais que ça venait, petit à petit.

La camionnette s'arrêta. Des mains sans corps nous tirèrent dehors. Puis le trottoir me sauta au visage et je me retrouvai soudain seul avec Tim.

— Tim... ?

Ma voix était rauque.

— Nick...

Tim se releva en chancelant. Le ciel passa du rouge au bleu, puis au jaune et au vert. Je me redressai.

— Il faut trouver du secours.

Tim grogna.

Nous étions de nouveau dans le centre de Paris. La soirée était avancée. Paris n'avait jamais eu cet aspect. Il y avait bien la Seine, mais l'eau avait disparu. À la place coulait un flot de vin rouge sombre qui luisait sous la lune. Les ponts étaient devenus d'immenses baguettes de pain, et je vis soudain pousser de grandes ailes bleues à un bateau-mouche, qui prit son envol et vint bourdonner autour de moi.

Le sol s'était subitement ramolli sous mes pieds et je m'aperçus que je m'y enfonçais. Je levai un pied en criant et vis le goudron collé à la semelle. Du goudron non pas noir mais jaune.

Je me mis à hurler :

— Du fromage !

C'en était. La rue tout entière s'était transformée en fromage. Je suffoquais, l'odeur m'étouffait. Je me sentais aspiré dedans.

— Nick ! cria Tim.

Le fromage disparut et mon frère tendit un bras d'un kilomètre de long. Un escargot descendait le boulevard. Non, pas un, mais des milliers d'escargots, chacun de la taille d'une maison, qui se traînaient sur un chemin gris luisant. À un carrefour, les feux étaient rouges et les escargots s'injuriaient. Un fantastique encombrement d'escargots. Au même moment retentit un gigantesque rot, et une grenouille, grosse comme un autobus, me boucha la vue et sauta par-dessus un immeuble. Mais la grenouille n'avait pas de pattes. Elle s'appuyait sur des béquilles.

Le monde autour de moi se tordit, se souleva, vola en éclats, puis tous ses morceaux se reconstituèrent différemment.

Tout à coup, des figures de pierre grimaçantes nous encerclèrent. Elles baragouinaient et nous observaient avec leurs yeux de pierre vides. Je les reconnus. C'étaient les gargouilles de Notre-Dame. Il y en avait une centaine. L'une d'elles s'assit sur l'épaule de Tim comme un chimpanzé, mais Tim semblait ne pas la remarquer.

De la lumière. Des phares de voiture. Partout. Un coup de klaxon. J'avais mis le pied sur la rue. Mais ça n'avait pas d'importance car les voitures avaient la taille de boîtes d'allumettes. Une armée de cyclistes les suivaient. Le Tour de France commençait tôt, cette année.

Tous les cyclistes fumaient une cigarette. Tim s'agrippait à un réverbère. Maintenant il portait un maillot à rayures, un béret, et une grappe d'oignons accrochée sur le côté. J'ouvris la bouche pour parler...

Bang ! Bang ! Bang !

Je l'aperçus avant Tim. Peut-être même ne vit-il rien du tout. Je sentais toute cette drogue qui s'infiltrait dans mon corps et je savais que ce n'était pas vrai, que j'avais des hallucinations, pourtant ça ne changeait rien. Je la voyais et pour moi elle était réelle.

Nous l'avions visitée le matin même. La tour Eiffel. Maintenant c'était elle qui nous rendait visite. Elle était là qui marchait à travers Paris, en balançant un pied en acier, puis l'autre, avançant comme une sorte de crabe géant à quatre pattes.

Le fromage se ramollissait. Je m'enlisais dans un boulevard de fromage. Le boulevard du Brie. La crème jaunâtre du fromage s'enroulait autour de ma taille, de mes épaules, me saisissait à la gorge. Je n'essayai même pas de lutter. C'était trop. Je voulais vraiment mourir.

Et j'aurais pu. Mais, tout à coup, j'entendis ce que je pris pour une chouette, hululer dans mon oreille. Au même moment, je me trouvai face à un visage qui m'était familier. Un homme aux cheveux noirs, en costume gris. J'eus conscience d'une lumière bleue clignotante. Je levai les yeux et vis quelque chose sortir de la lune et voler vers moi. Une ambulance.

— Ne t'endors pas ! ordonnait une voix. Ne t'endors pas.

Trop tard.

Je m'endormis.

Pour toujours.

4

L'Américain fou

— Vous avez de la chance d'être en vie, dit l'homme.

C'était deux jours plus tard. Je préfère ne pas vous parler de ces deux jours. Je les passai dans je ne sais quel hôpital parisien et tout ce que je peux en dire c'est que, si vous avez déjà subi un lavage d'estomac, vous saurez qu'il y a des choses plus distrayantes. Je ne me souviens quasiment pas de la première journée. Le lendemain, je me fis l'effet d'un sèche-linge qui est resté branché trop longtemps. Je n'avais absorbé qu'un peu de pain et d'eau. Heureusement l'eau n'était pas gazeuse. Je n'aurais pas supporté les bulles.

Et voilà que je me retrouvais au quartier général de la Sûreté, la police française. C'est amusant comme les commissariats peuvent se ressembler à travers le monde. Celui-ci était peut-être plus impressionnant et plus chic que son équivalent britannique. Les rideaux étaient en velours, les photos officielles sur les murs montraient un homme à cheveux bruns en costume, à la place de notre Reine à cheveux gris. Mais l'odeur restait la même.

Tim était assis à côté de moi. Son teint avait la couleur du yaourt qui nous avait amenés ici, et ses yeux ressemblaient à des fraises écrasées. Il avait les cheveux hirsutes et l'air de quelqu'un qui n'a pas dormi depuis un mois. J'allais lui faire une remarque, puis me ravisai. J'étais sans doute dans le même état que lui.

Nous étions dans le bureau du chef de la police, un dénommé Christian Moire. J'avais lu son nom sur la porte. C'était l'homme en costume gris que j'avais remarqué devant *Le Chat Gris*, celui qui parlait avec le réceptionniste et qui nous avait ensuite photographiés. Maintenant je savais pourquoi. Du moins en partie.

— Une heure de plus et il était trop tard, constata Moire.

Il parlait anglais comme les Français distingués le parlent. Lentement et doucement, comme si chaque mot était précieux.

— Vous avez eu de la chance.

— Sûrement, marmonnai-je. Mais nous en aurions eu encore plus si vous étiez arrivé deux heures plus tôt.

Moire haussa les épaules.

— Désolé, dit-il.

Mais ses yeux noirs et sans expression étaient aussi attristés que deux glaçons.

— Nous ignorions qu'on vous avait enlevés.

— Qui êtes-vous ? demanda Tim. Vous vous appelez la Sûreté, mais de quoi êtes-vous si sûr ?

— La Sûreté est le nom qu'on donne à la police française, expliqua Moire. Je suis le chef d'un service spécialisé dans la lutte contre le trafic de...

— Drogue, terminai-je à sa place.

— Exactement, Vous êtes arrivés tous les deux au mauvais endroit, au mauvais moment. Si je ne vous avais pas surveillés...

— Vous étiez à l'hôtel, dis-je. Je vous ai vu dehors. Vous aviez un appareil photo...

— C'est votre hobby, la photographie ? demanda Tim.

Christian Moire le dévisagea comme s'il n'avait jamais rencontré quelqu'un comme lui. Ce qui était probablement le cas.

— *Le Chat Gris* était sous surveillance, reprit-il. Peut-être devrais-je vous expliquer...

— Oui, vous devriez, dis-je.

Il alluma une Gauloise. Ils sont drôles, les Français. Non seulement ils fument tous, mais ils fument les plus horribles cigarettes du monde. La fumée de la cigarette de Moire était si épaisse qu'on aurait pu imprimer ces lignes dessus.

— Il y a un certain temps, commença-t-il, nous avons appris l'existence d'un réseau de contrebande. Quelqu'un fait passer de la drogue de Paris à Londres, en utilisant le tunnel sous la Manche. Nous ignorons encore comment ils procèdent. Et qui ils sont.

— Y a-t-il quelque chose que vous sachiez ?

Moire me jeta un regard hostile.

— Nous connaissons seulement le nom de code de l'homme qui dirige l'opération.

— *L'Américain fou*, dis-je.

Moire s'efforça de cacher sa surprise, et poursuivit :

— La drogue arrive de Marseille. Elle est pesée et expédiée quelque part à Paris. Ensuite, *l'Américain fou* s'arrange pour la faire passer en fraude à Londres. Nous travaillons avec la police britannique pour essayer de les arrêter. Et nous avons eu un coup de chance...

— *Le Chat Gris.*

— Oui. Nous savons que *l'Américain fou* utilise cet hôtel. Quand ses clients viennent de Londres pour acheter la marchandise, c'est là qu'ils résident et qu'il les rencontre. Ils lui remettent l'argent. Ensuite, ses deux associés, Delaire et Hugo, expédient la drogue par le train.

Les choses commençaient à s'éclaircir.

— C'est donc pour ça que vous nous avez photographiés. Vous pensiez que nous venions peut-être acheter de la drogue !

— Je sais que ça paraît invraisemblable, admit Moire. Un jeune Anglais et son nigaud de frère...

— Nick n'est pas un nigaud, protesta Tim.

— Quoi qu'il en soit, nous avons décidé de vous suivre, continua Moire. Et c'est une chance pour vous. Nous vous avons perdus après que vous êtes rentrés à l'hôtel, mais j'ai lancé des agents partout dans Paris à votre recherche dès que nous avons compris que vous aviez filé. Et quand nous vous avons retrouvés, vous aviez ingurgité assez de drogue pour mourir en une heure.

— Bon, d'accord, vous nous avez sauvé la vie, monsieur Moire, dis-je. Maintenant, si ça ne vous dérange pas, je vais aller à l'hôtel, faire mes bagages et rentrer à Londres.

— Il a raison, monsieur Moire, acquiesça Tim. Au pieu.

— Vous voulez dormir ?

— Non, soupirai-je. Je crois que Tim a voulu dire « adieu ».

— Je crains que ça ne soit pas possible, dit Moire.

Il n'avait pas élevé la voix. Bien au contraire. C'est très français. Quand ils sont vraiment méchants, ils ne crient pas. Ils chuchotent.

— Vous comprenez que j'aurais pu vous arrêter, n'est-ce pas ?

Je faillis pouffer de rire.

— Pour quelle raison ?

— On vous a trouvés en plein Paris, complètement drogués, expliqua le chef de la police, d'un ton presque raisonnable. Deux touristes stupides qui ont voulu expérimenter des substances interdites.

— Mais c'est un mensonge ! m'écriai-je.

— C'est vrai, renchérit Tim. Nous ne sommes pas stupides !

— Que voulez-vous de nous, monsieur Moire ?

Le policier se pencha en avant. Son visage semblait taillé dans la pierre. Même sa cigarette paraissait pétrifiée.

— Il y a deux choses que nous devons apprendre, expliqua-t-il. D'abord, qui est *l'Américain fou.* Bien entendu, nous pourrions arrêter

Delaire et Victor. Mais à quoi cela nous avancerait-il si nous laissons leur chef s'enfuir ? Ensuite, nous devons découvrir par quel moyen ils font transiter la drogue. Nous avons fouillé le train de fond en comble à plusieurs reprises. Sans succès. Pourtant nous savons que la poudre blanche voyage par là. Mais comment ? C'est exaspérant !

— Je suis vraiment désolé, dis-je. Mais quel rapport avec nous ?

— Je veux que vous retourniez à l'hôtel. Je veux que vous agissiez comme si rien ne s'était passé.

— Pourquoi ?

— Parce que vous pouvez m'être utiles... de l'intérieur. Mes hommes continueront de vous surveiller. Vous serez en sécurité. Mais il se peut que vous trouviez des réponses à nos questions. Et s'il y a quelque chose à signaler...

— Pas question !

— Il a raison, approuva Tim. Nous n'avons que quatre jours. Nous n'avons pas les moyens de rester.

— Nous sommes citoyens britanniques, ajoutai-je. Vous n'avez pas le droit de nous faire chanter.

— Vous croyez ça ? dit Moire avec un léger sourire. Vous êtes des Européens, maintenant, mon ami. Et si vous ne faites pas exactement ce que je vous dis, vous pouvez être sûrs que vous ne tarderez pas à passer un long moment dans une prison européenne.

J'aurais voulu discuter, mais je voyais que ça ne servait à rien. La dernière personne à avoir discuté avec Christian Moire devait probablement croupir encore en prison sur l'Île-du-Diable.

— Qu'attendez-vous de nous ?

— Retournez au *Chat Gris* et vous recevrez mes instructions. Ne vous inquiétez pas pour la note d'hôtel. Je m'en charge.

— Et si nous sommes tués ?

— Mon service paiera aussi la note des obsèques.

Je me tassai contre le dossier de ma chaise. J'avais envie de traiter Moire de toutes sortes de noms. Mais il avait de la chance : je ne les connaissais pas en français. D'ailleurs, je ne suis même pas certain de les connaître en anglais.

Tim, lui, avait seulement l'air un peu triste.

— J'ai toujours dit que c'était une erreur d'entrer dans l'Union européenne.

Pour une fois, je ne le démentis pas.

5

Le Marais

C'est ainsi que, quelques heures plus tard, je me retrouvai avec Tim, de retour dans notre chambre au *Chat Gris.* Revenir à l'hôtel, c'était un peu comme entrer dans le couloir de la mort. À ceci près que nous étions arrivés en taxi. Le réceptionniste loucheur faillit tomber de son siège en nous voyant, et il se rua sur son téléphone avant même que nous ayons atteint l'ascenseur. Si *l'Américain fou* nous croyait morts, il allait tout de suite apprendre qu'il se trompait. Et je me demandai combien de temps il lui faudrait pour corriger son erreur.

Tim s'assit sur le lit. Il avait l'air joyeux, ce qui ne fit que me déprimer davantage.

— Finalement ce n'est pas si mal, Nick.

— Tim ! Ça ne peut pas aller plus mal !

— Désormais nous travaillons pour la police. Si nous découvrons ce qu'ils veulent, ce sera bon pour mes affaires. Je pourrai monter une agence internationale.

Je venais d'ouvrir un guide de Paris et je dus me retenir pour ne pas frapper mon frère avec.

— Nous ne travaillons pour personne, Tim ! Tu ne comprends pas ? Christian Moire a menti.

— Tu crois qu'il n'est pas de la police ?

— Bien sûr que si, il est de la police. Mais il se sert de nous !

Je m'assis près de Tim sur le lit.

— Il nous a envoyés ici parce qu'il sait que *l'Américain fou* va paniquer et essayer encore de nous tuer. Il nous utilise comme appât, Tim. C'est aussi simple que ça.

Tim fronça les sourcils.

— Ce n'est pas ça si simple.

— En tout cas, je ne vais pas rester assis là en attendant de me faire tuer, dis-je en ouvrant le guide de Paris.

— Où préfères-tu être tué ?

— Nulle part. C'est pourquoi je vais trouver *l'Américain fou* avant qu'il nous trouve.

Je commençai à feuilleter le plan de Paris. Je ne savais pas ce que je cherchais, mais j'avais une petite idée.

— Cet après-midi, nous étions au quartier général de *l'Américain fou.*

— Mais nous étions dans le cirage, dit Tim. Nous n'avons rien vu.

— Pas grand-chose, c'est vrai. Mais il y a quand même quelques indices. Une étoile bleue. Quelques mots sur une vitrine de magasin. « La French Confection ». Et puis, j'ai entendu quelque chose. De la musique. Des chants.

— *L'Américain fou,* tu crois ?

— Non, Tim. Ça venait d'un immeuble voisin.

Je l'interrompis pour essayer de raviver mes souvenirs.

— Mais ce n'était pas un chant français.

Assis sur le lit, Tim faisait des bruits étranges. D'abord je crus que c'était son estomac qui gargouillait. Puis je m'aperçus qu'il essayait dc fre donner l'air.

— C'est ça, Tim. Quelque chose comme ça. Mais un peu plus... humain.

Tim s'arrêta. Je m'efforçai de réfléchir. Comment était ce chant ? Une langue étrangère, une mélodie triste... chantée par une voix d'homme. En y pensant, ça m'évoquait une église. Oui, c'est ça, de la musique religieuse. Mais pas la religion chrétienne.

Je ne sais pas dans quel ordre les choses se passèrent alors. Le guide de Paris s'ouvrit entre mes mains et je tombai sur le chapitre intitulé « Le Quartier juif » au moment exact où je prenais conscience de ce qu'était la musique que j'avais entendue.

— De la musique juive ! m'exclamai-je. Ça venait d'une synagogue.

Le regard de Tim s'éclaira.

— Tu veux dire qu'on nous a emmenés à Jérusalem ?

— Non, Tim. Nous étions à Paris. Mais dans un quartier plein de synagogues, lui dis-je en brandissant le guide. Le Marais.

— Il est grand, ce Marais ?

— Pas tellement, à première vue. Au moins, nous avons un point de départ. Il nous reste à trouver « La French Confection ».

— Mais qu'est-ce que c'est, « La French Confection », Nick ?

— Tout ce qui se confectionne. Des bonbons. Des gâteaux. Des vêtements. En tout cas, une fois que nous l'aurons découvert, nous saurons que nous sommes juste à côté du laboratoire. Si nous trouvons l'enseigne, nous trouvons *l'Américain fou*.

— Et ensuite ?
— Nous prévenons Moire.

Nous quittâmes *Le Chat Gris* par l'escalier de secours, en évitant les hommes de Moire qui nous attendaient devant l'entrée principale. Ensuite, le métro. Direction Bastille.

Il y avait peu de distance entre la station de métro, en bordure du Marais, et la place des Vosges, une de ces places de Paris où les arbres eux-mêmes ont l'air de coûter cher. Puis à l'ouest, vers le musée Picasso. Nous marchions dans un dédale de rues étroites, bordées d'immeubles hauts de cinq étages. Je savais que nous suivions la bonne piste. Je n'entendais pas chanter, mais partout il y avait des étoiles bleues semblables à celle que j'avais aperçue de la camionnette. Maintenant je savais ce qu'elle signifiait. C'était l'étoile de David, avec six pointes. Il y en avait une sur chaque épicerie et restaurant casher du quartier.

Nous avions suivi la rue des Rosiers, mais rien ne ressemblait à la bâtisse en ruine où nous avions été retenus. Alors nous commençâmes à sillonner le secteur de long en large, en prenant la première rue à droite, puis la première à gauche, et ainsi de suite. C'était un quartier assez joli. D'ailleurs, Tim en avait oublié notre mission et il s'arrêtait de temps en temps pour prendre une photo. Mon frère est vraiment surprenant.

Soudain, je m'aperçus que nous touchions au but. C'était là.

Une des principales rues du Marais, la rue de Sévigné. Je reconnus tout de suite l'endroit, les traces de brûlure sur la façade, les fenêtres cassées, les vilaines cheminées, mais je ne m'étais pas attendu à trouver si facilement. Il y avait bien un porche sous lequel il fallait passer pour atteindre la porte. Mais c'était la seule protection. C'était le plus grand repaire de trafiquants de drogue de Paris et ils n'essayaient même pas de se cacher.

— Nick..., chuchota Tim.

Je lui saisis le bras et l'obligeai à reculer car je venais d'apercevoir Delaire et Victor qui sortaient et traversaient la cour intérieure.

— Qu'est-ce qu'on fait maintenant ? murmura Tim.

— On appelle Moire.

Évidemment, au moment où j'en avais besoin, il n'y avait aucune cabine téléphonique en vue. J'inspectai la rue. Un restaurant, peut-être ? Ou une boutique ? Après tout, c'était un cas d'urgence.

— Ici, Tim.

C'est seulement une fois dans le magasin que je me rendis compte où nous étions. Dans mon excitation à dénicher le laboratoire de drogue, je n'avais même pas remarqué le nom peint sur la vitrine. « La French Confection ». Je me trouvai soudain au milieu de gâteaux et de croissants, de coupes d'amandes sucrées et de pots de confiture. Sur le comptoir trônait une pièce montée de six étages, avec un couple de jeunes mariés en pâte d'amande perché en haut, qui semblait avoir le mal de l'air. Une pâtisserie ! Et, bien entendu, je connaissais la propriétaire. Je l'avais rencontrée dans le train.

Érica Nice.

Elle se tenait derrière le comptoir, visiblement aussi surprise que nous.

— Vous... !

— Madame Nice, bredouilla Tim.

Je me demande par quel miracle il s'était souvenu de son nom.

— Nous avons besoin de votre téléphone... pour appeler la police.

— Non, Tim, je ne pense pas.

Tout en parlant, je battais en retraite vers la porte. Mais il était déjà trop tard. Érica Nice leva la main et, cette fois, ce n'était pas un croissant qu'elle tenait. C'était le plus gros revolver que j'aie jamais vu. Bien plus gros que la main ridée qui le serrait.

— Mais... mais... mais... bégaya Tim.

— Érica Nice, dis-je. J'aurais dû le deviner. Madame Érica Nice. Prononce-le très vite, Tim. Qu'est-ce que ça donne ?

— Madamericanice ?

— Mad American, Tim. En anglais, *Américain fou*. C'est elle qui est derrière la filière de drogue. Elle voyageait dans le train quand nous l'avons rencontrée. Sans doute pour surveiller la livraison. C'est par elle que Delaire et Victor ont appris que nous étions à Paris.

Érica Nice ricana.

— C'est juste, dit-elle. Je prends le train de temps à autre pour garder un œil sur ce qui se passe. Comme sur cet idiot de steward. Michel Sinet. Il avait peur. Et les gens qui ont peur ne me sont d'aucune utilité.

— Alors vous l'avez poussé sous le train.

— C'était plus simple que de l'abattre d'une balle, répondit Érica Nice en haussant les épaules.

— Et maintenant ?

Je me demandais si elle allait nous tuer elle-même ou bien appeler ses deux acolytes pour terminer le travail à sa place. Tout en lui posant la question, je me déplaçai vers le comptoir et la pièce montée géante.

— Ces deux imbéciles auraient dû vous liquider quand ils vous tenaient, siffla Érica Nice entre ses dents. La prochaine fois, ils ne commettront pas d'erreur.

Elle se tourna pour actionner un bouton sur le mur, qui reliait probablement la boutique au laboratoire.

Je bondis en avant et jetai tout mon poids contre le gâteau de mariage.

À cet instant, la porte de la boutique s'ouvrit brusquement. La vitre vola en éclats. Et au moment où Érica Nice poussait un cri aigu et disparaissait sous dix kilos de pièce montée, Christian Moire et deux autres policiers se propulsèrent dans la boutique.

En même temps, j'entendis un hurlement de sirènes. Des voitures de police s'engouffraient dans la rue, venant de toutes les directions.

Je me tournai vers Moire.

— Vous nous avez suivis jusqu'ici ?

Moire acquiesça de la tête.

— Bien sûr. J'avais posté des hommes tout autour de l'hôtel.

Érica Nice poussa un grognement et essaya de se frayer un passage au milieu de plusieurs couches de gâteau à la cerise et de crème au beurre.

Tim se pencha pour ramasser un morceau de glaçage blanc et le goûta.

— Délicieux, ce gâteau.

Le lendemain, Christian Moire nous conduisit en voiture à Calais et nous escorta lui-même jusqu'au ferry. Bien sûr, nous aurions pu prendre le train. Mais Tim et moi en avions un peu assez des trains.

Hugo Victor et « Beau » Delaire étaient tous les deux sous les verrous. Ainsi que Érica Nice. Le laboratoire avait été fermé et d'autres arrestations allaient suivre. Rien d'étonnant donc à ce que Moire ait voulu se débarrasser de nous. Il espérait une promotion et peut-être la Croix de Guerre ou je ne sais quelle médaille que les gros bonnets français remettent à leurs héros. Moire ne voulait surtout pas nous voir rôder dans les parages et raconter quel rôle nous avions joué.

Il s'arrêta sur le quai et nous tendit nos billets, en même temps qu'un panier-repas pour le voyage.

— La France vous doit une fière chandelle, dit-il d'un ton solennel.

— Vous pouvez la garder, on n'en a pas besoin, marmonna Tim.

— Je vous souhaite un bon voyage, mes amis. Et, cette fois, tâchez de faire attention à ce que vous dites pendant la traversée !

— Nous ne dirons pas un mot.

J'avais acheté un album de Tintin pour Tim, à la librairie du port. Il le lirait pendant le voyage.

Moire nous serra la main.

— Au revoir.

— Je préférerais adieu.

Nous étions à mi-chemin de chez nous, en train de tanguer sur la Manche, lorsque Tim leva soudain le nez de son album de Tintin et me dit :

— Au fait, nous n'avons pas découvert comment Érica Nice passait la drogue en fraude à bord du train.

— Tu n'as pas deviné ?

Je poussai un soupir et sortis de ma poche le sachet de sucre bleu qui était à l'origine de l'affaire. Celui que le steward nous avait remis à la gare du Nord. Curieusement, je n'avais jamais eu l'occasion de l'ouvrir. Maintenant je l'avais.

Le sachet contenait de la poudre blanche.

— Du sucre ?

— Non, Tim, je ne crois pas. Ce n'est qu'un sachet, mais Érica Nice en transportait des milliers chaque jour à bord du train, Un petit sachet de drogue. Une dose, déjà pesée et parfaitement emballée.

J'ouvris le sachet et le levai à bout de bras. Le vent emporta la poudre blanche. Je la regardai s'envoler par-dessus la rambarde, petit nuage blanc fugitif, et disparaître dans l'eau grise de la Manche.

— Tu crois que nous devrions prévenir Moire ? s'inquiéta Tim.

— Je pense qu'il l'a découvert tout seul.

Au loin se dressaient les falaises blanches de Douvres. Nous n'étions partis qu'une semaine, pourtant notre absence me paraissait beaucoup plus longue.

Tim, qui n'avait pas lâché le panier-repas offert par Moire, se décida à l'ouvrir. La première chose qu'il sortit était un yaourt à la fraise.

— Très drôle, dis-je.

Le yaourt suivit la drogue dans la mer. Puis nous descendîmes à la cafétéria pour commander des « fish and chips ».

L'HOMME SANS VISAGE

1 [illegible]

1. Le Correspondant

J'ai su que l'Américain allait nous [illegible] ennuis à l'instant où il est apparu : il a dû reprendre à trois fois pour franchir le sas. Il n'était que onze heures du matin mais il avait siroté depuis le petit déjeuner. Un petit déjeuner exclusivement liquide, probablement. L'odeur de whisky était si forte qu'elle me piquait les yeux dès le matin : je préférais ne pas imaginer les dégâts occasionnés à son organisme, mais, si j'avais été son foie, j'aurais déposé une demande de transplantation.

Il a réussi à trouver un siège et s'y est affalé.

1

Le Correspondant

J'ai su que l'Américain allait nous attirer des ennuis à l'instant où il est apparu : il a dû s'y reprendre à trois fois pour franchir le seuil. Il n'était que onze heures du matin mais il avait dû siroter depuis le petit déjeuner. Un petit déjeuner exclusivement liquide, probablement. L'odeur de whisky était si forte qu'elle me piquait les yeux. Ivre dès le matin ! Je préférais ne pas imaginer les dégâts occasionnés à son organisme mais, si j'avais été son foie, j'aurais déposé une demande de transplantation.

Il a réussi à trouver un siège et s'y est laissé

choir. Chose étonnante, il était vêtu d'un élégant costume cravate. Cet homme était fortuné, ça se sentait. Il portait des lunettes à monture dorée, ou plutôt à monture d'or. Âgé d'une quarantaine d'années, des cheveux qui commençaient tout juste à grisonner, et des yeux qui commençaient tout juste à virer au jaune. Le whisky, sans doute. Il a sorti une cigarette et l'a allumée. Une fumée bleue a envahi la pièce. Il n'aurait pas été une bonne publicité pour la Sécurité sociale.

— Mon nom est Carter, a-t-il dit enfin, avec un fort accent américain. Joe Carter. J'arrive de Chicago. Et j'ai un problème.

— Ça, je le vois, ai-je murmuré.

Il m'a regardé d'un œil. Le deuxième visait un point au-dessus de mon épaule.

— Qui es-tu ?

— Nick Diamant.

— Je n'ai pas besoin d'un gamin qui joue les malins. Ce que je veux, c'est un détective privé.

— Le privé, c'est lui, ai-je répondu en désignant le bureau derrière lequel se tenait mon grand frère Tim.

— Vous désirez un café, Mr. Carver ? a proposé Tim.

— Pas Carver. Carter, a grommelé l'Américain. Avec un T.

— Désolé, nous n'avons plus de thé. Que diriez-vous d'un chocolat chaud ?

— Je ne veux rien. Pas de chocolat. Ni chaud ni froid ! Je veux de l'aide ! a insisté Carter en tétant sa cigarette. Je veux vous engager. Quels sont vos tarifs ?

Tim ouvrait des yeux ronds. C'était difficile à croire, mais l'Américain lui offrait de l'argent. Et ce n'était pas fréquent. Tim n'en avait quasiment pas gagné depuis l'époque où il travaillait dans la police. Et encore, les chiens policiers étaient mieux rémunérés que lui. Au moins, quand ils mordaient, ils ne se trompaient pas de cible. Comme détective privé, Tim était une vraie calamité. Je l'avais aidé à résoudre deux ou trois affaires, mais la plupart du temps j'étais coincé à l'école. Pour le moment, c'étaient les petites vacances d'automne – dans six semaines ce serait Noël, et je pressentais que, une fois encore, nos chaussons resteraient vides. Il n'y avait plus que quelques centimes sur le compte en banque de Tim. Nous avions écrit une lettre pour quémander de l'argent à nos parents en Australie, mais nous devions économiser pour payer le timbre.

J'ai toussoté et Tim s'est redressé d'un bond sur son siège en s'efforçant d'afficher un air professionnel.

— Il vous faut un détective privé ? Parfait. Vous m'avez. Il vous en coûtera cent livres par jour, plus les frais.

— Vous acceptez les chèques de voyage ?

— Ça dépend du voyage, a hésité Tim.

— Je n'ai pas de liquide.

À le voir aussi imbibé, on aurait juré le contraire. J'ai jugé préférable d'intervenir :

— Nous prenons les chèques de voyage. Ce sera parfait.

Joe Carter en a sorti une liasse et a cherché un stylo pour les signer. L'espace d'un instant, j'ai craint qu'il ne soit trop soûl pour écrire. Mais il a réussi à griffonner son nom à cinq reprises sur les pointillés, puis il a glissé les chèques devant lui sur le bureau.

— Voici cinq cents dollars.

— Cinq cents dollars ? a couiné Tim. La dernière fois qu'il avait touché autant d'argent c'était au Monopoly. Cinq cents dollars ... ?

— Ça fait environ trois cent cinquante livres sterling, Tim, lui ai-je soufflé.

— Exact, a acquiescé Carter. Maintenant, je vais vous expliquer les raisons de ma présence ici. Je suis arrivé en Angleterre jeudi dernier, il y a un peu moins d'une semaine. Je séjourne dans le West End, au Ritz.

— Vous seriez fou d'être descendu dans un autre hôtel, a remarqué Tim.

— Ouais, a grommelé Carter en écrasant son mégot dans le cendrier. (L'ennui, c'est que nous n'avions pas de cendrier. Une petite odeur de bois brûlé s'est dégagée du bureau). Je suis écrivain, Mr. Diamant. Peut-être avez-vous déjà lu un de mes romans.

C'était peu probable – à moins qu'il n'ait écrit des livres pour enfants. Récemment, Tim venait de commencer *Le Club des Cinq* pour la quatrième fois.

— Je suis très connu aux États-Unis. *La Cinquième Balle, Mort l'après-midi, Rivières de Sang.* Ce sont quelques titres.

— Des romans d'amour ? a demandé mon frère.

— Non. Des romans policiers. J'ai beaucoup de succès. Je gagne des tonnes d'argent avec mes livres mais... vous savez, je crois aux bienfaits du partage. Je ne suis pas marié, je n'ai pas d'enfants. Alors je donne à des œuvres de charité. De toutes sortes. Pour la plupart des associations caritatives américaines bien sûr, mais aussi dans d'autres pays.

L'idée m'a effleuré qu'il aimerait peut-être faire un don à deux frères détectives dans le besoin, mais je n'ai rien dit.

— Il y a deux ans, a poursuivi Carter, on m'a parlé d'une nouvelle fondation caritative qui venait de voir le jour en Angleterre. Elle s'appelait Dream Time. Le nom m'a plu. Dream Time avait pour objectif de venir en aide aux enfants défavorisés, en leur fournissant des ordinateurs, des livres, du matériel scolaire. Des écoles, aussi. Et en leur permettant de faire du sport, de pratiquer des disciplines artistiques, de voyager. (Carter m'a lancé un coup d'œil.) Quel âge as-tu ?

— Quatorze ans.

— Je parie que tu fais des vœux, parfois.

— Oui. Mais sans succès. Tim est toujours là.

— Dream Time pourrait t'aider. La fondation réalise tes souhaits.

Carter a plongé la main dans sa poche pour en sortir sa flasque de whisky. Il a dévissé le bouchon, renversé la tête en arrière et avalé une bonne lampée. Ça a paru lui faire du bien.

— Rien de tel qu'un petit scotch.

— Je vous croyais américain, a dit Tim.

Carter a ignoré sa remarque et poursuivi d'un ton véhément :

— J'ai donné deux millions de dollars à Dream Time parce que je croyais en eux ! Plus exactement, je croyais en l'homme qui était derrière Dream Time. Un saint. Un type charmant. Il s'appelait Lenny Smile.

J'ai noté que Carter parlait du dénommé Smile au passé, et commencé à entrevoir où menait cette conversation.

— Que vous dire au sujet de Smile ? a ajouté Carter. Comme moi, il était célibataire. Il n'avait pas de grande maison, ni de voiture de luxe, ni rien de ce genre. En fait, il habitait un petit appartement dans le quartier de Battersea, à Londres. Dream Time était son idée. Il y travaillait sept jours sur sept, trois cent soixante-cinq jours par an. Lenny adorait les années bissextiles car elles lui permettaient de travailler trois cent soixante-six jours. Ça vous donne une idée du genre d'homme qu'il était ! Quand on m'a parlé de lui, j'ai su tout de suite que je devais soutenir son action. Alors je lui ai versé un quart de million de dollars, puis un autre quart, et ainsi de suite....

— Où est le problème, Mr. Starter ? a demandé Tim. Vous voulez récupérer votre argent ?

— Pas du tout ! Je vais vous expliquer. J'adorais cet homme. Smile. J'avais l'impression de l'avoir toujours connu. Et puis, récemment, j'ai décidé de faire sa connaissance.

— Vous ne l'aviez jamais rencontré ?

— Non. Nous correspondions. Nous échangions des tas de lettres et de courriels. Il m'écrivait et je lui répondais. C'est ainsi que j'ai appris à le connaître. Mais mon travail m'absorbait beaucoup. Et lui était très occupé avec le sien. Nous ne nous sommes jamais vus. Ni même parlé au téléphone. Et puis, il y a quelque temps, j'ai réalisé que j'avais vraiment besoin de repos. Je travaillais comme un forcené depuis trop longtemps. J'ai décidé de prendre des vacances en Angleterre.

— Curieuse idée, a remarqué Tim.

— J'ai écrit à Lenny pour lui annoncer ma visite. Il était ravi. Il m'a répondu qu'il voulait me montrer tout le travail qu'il avait accompli. Tous les enfants qui avaient profité de l'argent que j'avais envoyé. J'étais très impatient. Lenny avait prévu de venir me chercher à l'aéroport de Heathrow.

— Comment l'auriez-vous reconnu puisque vous ne l'aviez jamais vu ? ai-je demandé.

Carter a rougi.

— Je m'étais en effet posé la question. Et je lui ai suggéré de m'envoyer une photo.

Il a sorti une photo de sa poche de veste et nous l'a tendue.

Le cliché montrait un homme debout devant un café, qui aurait pu se trouver à Londres ou à Paris. Difficile d'en être sûr. L'enseigne *Café Debussy* était peinte sur les vitres. Mais l'homme lui-même était beaucoup plus difficile à distinguer. Le photographe, quel qu'il soit, aurait dû se faire offrir un nouvel appareil par Dream Time. Le cliché était flou. On voyait tout juste une silhouette en costume noir, avec un manteau long. Il portait des gants et un chapeau. Mais son visage était brouillé. Ses cheveux paraissaient sombres. Je crois qu'il souriait. Un chat était assis sur le trottoir entre ses pieds. Le chat était plus net que l'homme.

— Ce n'est pas une très bonne photo, ai-je observé.

— Je sais, a admis Carter en la reprenant. Lenny était très timide. Il ne signait même pas ses lettres. Vous imaginez ! Il m'a avoué qu'il n'aimait guère sortir. Il y a autre chose que vous devez savoir à son sujet. Lenny était malade. Il souffrait de... une sorte d'allergie.

— C'est grave, ça ? a demandé Tim.

— Il faisait des réactions à certaines choses. Aux cacahuètes, par exemple. Ça le faisait gonfler. Et puis il était aussi allergique à la publicité. Il y a eu quelques articles sur lui dans les journaux, mais Lenny n'accordait jamais d'interview et refusait d'être pris en photo. À ce qu'on dit, la Reine a voulu l'anoblir mais il était également allergique aux reines. Une seule chose comptait pour lui : son travail... Dream Time... les enfants.

Je savais que notre rencontre serait le moment le plus important de ma vie... J'étais excité comme un collégien.

Carter ne connaissait pas mon collège.

— Mais quand j'ai débarqué à Heathrow, Lenny n'était pas là. Et vous savez pourquoi ?

Je savais pourquoi. Mais j'attendais que Carter me le dise.

— Lenny a été enterré la veille de mon arrivée.

— Enterré ? Pourquoi ? s'est exclamé Tim.

— Parce que c'était ses obsèques, Mr. Diamant ! (Carter a allumé une autre cigarette.) Lenny est mort. Et c'est pourquoi je suis venu vous voir. Je veux que vous découvriez comment c'est arrivé.

— Pourquoi ?

— Comme je vous l'ai dit, je suis arrivé à Londres jeudi dernier. Je ne pensais qu'à une chose. Serrer enfin la main de Lenny et lui dire toute mon admiration. En ne le voyant pas à Heathrow, au lieu de me rendre à mon hôtel je suis allé directement au siège de Dream Time. Et c'est là-bas qu'on m'a appris...

— Qui ? Qui vous a reçu ? ai-je demandé.

— Un certain Hoover. Rodney Hoover. Il travaillait pour Lenny. Il l'aidait à diriger Dream Time. Il y avait aussi son assistante, Fiona Lee.

Une femme très chic. Très classe. Vous voyez le genre ? Les bureaux se trouvent en face de Battersea Bridge. Juste au-dessus du café que l'on voit sur la photo. Bref, si j'ai bien compris, quelques jours après mon courriel où j'annonçais à Lenny mon arrivée, il a été tué dans un horrible accident en traversant la rue.

— Il est tombé dans une bouche d'égout ? a questionné Tim.

— Non, Mr. Diamant. Il a été écrasé. Hoover et Fiona Lee ont assisté au drame. Sans eux, jamais la police n'aurait pu identifier Lenny.

— Pourquoi ?

— Parce qu'il a été broyé par un rouleau compresseur.

Carter a frissonné. Tim a frémi. Le bureau lui-même a palpité. Je dois admettre que c'était une mort plutôt atroce.

— L'engin l'a littéralement aplati, a repris Carter. Il paraît que les ambulanciers ont dû le plier pour le mettre sur le brancard. On l'a enterré la semaine dernière. Au cimetière de Brompton, près de Fulham.

Brompton. C'était là que le célèbre criminel connu sous le nom du Faucon était enterré. Tim et moi étions allés dans ce cimetière à la fin de notre première affaire. Heureusement, nous n'y étions pas restés.

— Rodney Hoover assure qu'il veut cesser les activités de Dream Time. Selon lui, ce ne sera pas pareil sans Lenny, et il n'a pas le courage de poursuivre sans lui. J'ai eu une longue conversation avec Hoover dans son bureau, et je peux vous dire que... ça ne m'a pas plu.

— Quoi, vous n'aimez pas la décoration ? a dit Tim.

— Non, ses propos. Je crois qu'il se passe des choses bizarres.

— Quoi, exactement ?

Carter a failli s'étouffer avec la fumée de sa cigarette.

— Bon sang ! s'est-il écrié. Vous ne trouvez pas étrange qu'un type se fasse écraser par un rouleau compresseur ? Au beau milieu de la nuit et quelques jours avant sa rencontre avec quelqu'un qui lui a versé deux millions de dollars ! Et, le lendemain, vous apprenez que la fondation va fermer boutique ! Ça ne vous semble pas un peu anormal ?

— Si. Il est anormal que cela se soit passé au milieu de la nuit, a admis Tim. Pourquoi Lenny n'était-il pas au lit ?

— J'ignore pourquoi il ne dormait pas, mais je peux vous dire une chose. Je crois que Lenny a été assassiné. Un homme ne s'amuse pas à traverser la rue devant un rouleau compresseur.

À moins qu'on l'ait poussé. Et peut-être que tout cela a un rapport avec l'argent. Avec mon argent. Peut-être que quelqu'un ne voulait pas que je rencontre Lenny ! En tout cas, si j'écrivais cette histoire, c'est ainsi que je la présenterais. Vous savez, Londres ne manque pas de détectives privés. Si l'affaire ne vous intéresse pas, je trouverai quelqu'un d'autre. Alors, vous allez enquêter pour moi, oui ou non ?

Tim a glissé un regard vers les chèques de voyage. Puis les a ramassés.

— Ne vous inquiétez pas, Mr. Carton. Je découvrirai la vérité. Mais vous, où pourrai-je vous trouver ?

— Je suis encore au Ritz. Demandez la chambre 8.

— Vous ne leur avez pas dit votre nom ?

Nous avons changé les chèques de voyage et croqué dedans pour faire notre premier vrai repas depuis une semaine. Tim était de bonne humeur. Il m'a même laissé prendre un dessert.

— Je n'en reviens pas ! s'est-il exclamé au moment où la serveuse apportait deux coupes glacées à la chantilly. Le service était si lent, dans ce restaurant, que les glaces avaient déjà entamé leur fonte de printemps avant d'arriver sur la table. Trois cent cinquante livres ! C'est plus que ce que je gagne en un mois.

— C'est plus que tu n'en as jamais gagné en un an, ai-je rectifié.

— Et tout ça parce qu'un Américain déjanté pense que son correspondant a été assassiné.

— Comment sais-tu que ce n'est pas vrai ?

— Le flair. (Tim s'est tapoté le nez.) Je ne peux pas l'expliquer. C'est une intuition que j'ai.

— Tu as aussi de la glace sur le nez.

Après le déjeuner, nous sommes allés à Fulham en bus. J'ignore pourquoi, Tim avait décidé de commencer son enquête au cimetière de Brompton. Peut-être en souvenir du bon vieux temps. Nous n'étions pas venus depuis un an, mais les lieux n'avaient pas changé. D'ailleurs, pourquoi auraient-ils changé ? Les résidents ne devaient sûrement pas se plaindre. Et aucun n'avait l'énergie de refaire la décoration. Les pierres tombales étaient toujours aussi étranges : certaines en forme de cabines téléphoniques de l'époque victorienne, d'autres rappelant des châteaux miniatures, avec des portes condamnées par des chaînes et des cadenas. Les locataires ne risquaient pas de s'échapper. L'espace était divisé en sections : certaines très anciennes, d'autres plus modernes. Il y avait là des milliers de personnes, mais aucune, évidemment, pour nous proposer de nous guider jusqu'à la sépulture de Lenny Smile. Nous devions la découvrir nous-mêmes.

Il nous a fallu une heure. La tombe était en bordure du cimetière, dominée par le stade de football mitoyen. On aurait pu ne jamais la trouver si elle n'avait été creusée récemment. Premier indice. Et il y avait des fleurs fraîches. Deuxième indice. Smile avait reçu des tonnes de fleurs. En fait, s'il n'avait pas été mort, il aurait pu ouvrir un magasin de fleurs. L'inscription gravée sur la pierre tombale précisait :

LENNY SMILE
31 AVRIL 1960 – 11 NOVEMBRE 2007
UN HOMME MERVEILLEUX,
APPELÉ AU REPOS ÉTERNEL

Nous sommes restés silencieux un moment. Dommage qu'un homme qui avait fait tant de bien pour les enfants du monde entier soit mort prématurément. J'ai jeté un coup d'œil à la plus grosse des gerbes de fleurs posées sur la tombe. Une carte y était accrochée, signée à l'encre verte : *Avec toute notre affection, Rodney Hoover et Fiona Lee.*

Soudain, j'ai perçu un mouvement de l'autre côté du cimetière. En arrivant, j'avais cru que nous étions seuls, mais il me semblait maintenant qu'un homme nous observait. Il se trouvait assez loin, derrière une des hautes pierres tombales. Pourtant, même à cette distance, sa silhouette m'a paru bizarrement familière et je me suis surpris à frissonner sans savoir pourquoi. L'inconnu portait un manteau long, un chapeau et des gants. Je ne distinguais pas ses traits. De loin, son visage était une tache floue. C'est alors que j'ai compris où je l'avais déjà vu. Je me suis mis à courir vers lui. Aussitôt, il a tourné les talons et s'est enfui.

— Nick ! a crié mon frère.

Je n'ai pas répondu et j'ai traversé le cimetière à toute vitesse. Une tombe se dressait sur mon chemin et j'ai sauté par-dessus. Ce n'était peut-être pas très respectueux mais je ne me sentais pas d'humeur religieuse. Arrivé à l'allée centrale, j'ai foncé vers la sortie. Je ne savais pas si Tim me suivait ou non. Je m'en moquais.

Le portail nord du cimetière donnait sur Old Brompton Road. Je me suis arrêté en débouchant sur le trottoir et j'ai essayé de reprendre mon souffle. C'était saisissant de surgir ainsi du royaume des morts pour entrer dans celui des vivants, au milieu des bus et des taxis qui rugissaient. Une vieille femme, enveloppée dans trois gilets, vendait des fleurs près de la grille. Les affaires ne devaient pas être bonnes. La moitié des fleurs étaient aussi mortes que les gens à qui elles étaient destinées. Je me suis approché d'elle.

— Excusez-moi, madame... Avez-vous vu quelqu'un sortir par cette grille, il y a un instant ?

— Non, mon petit, a-t-elle répondu en secouant la tête. Je n'ai vu personne.

— Vous en êtes certaine ? Un homme, avec un long manteau. Il portait un chapeau...

— Les gens ne sortent pas du cimetière. Une fois qu'ils y sont, ils y restent.

Tim lui a donné tort peu après en apparaissant à la grille.

— Que se passe-t-il, Nick ?

J'ai balayé le trottoir des yeux dans les deux sens. Personne. Avais-je rêvé ? Non. J'étais sûr de moi. L'homme figurant sur la photo de Joc Carter s'était trouvé dans le cimetière quelques minutes plus tôt. Et il avait décampé dès qu'il s'était vu repéré.

Pourtant c'était impossible, n'est-ce pas ?

Car, si c'était bien Lenny Smile que je venais d'entrevoir, alors qui était enterré dans sa tombe ?

Les yeux du mort

Nous avons envoyé nos reporters le lendemain dans les [illegible] de l'œuvre de [illegible] par [illegible] Smith à Bulawayo.

[illegible] devait [illegible] l'incroyable grâce à la [illegible] une [illegible] rencontre. [illegible] de [illegible] se trouvait au-dessus du [illegible] Pendant que [illegible] au milieu d'une danse de [illegible] à quelques [illegible] Difficile de croire [illegible] la [illegible] de [illegible] à [illegible] de [illegible] Mais peut-être

2

Les pas du mort

Nous avons entamé nos recherches le lendemain, dans les bureaux de l'œuvre de charité fondée par Lenny Smile à Battersea.

J'ai tout de suite reconnu l'immeuble grâce à la photo que Carter nous avait montrée. Le siège de Dream Time se trouvait au-dessus du *Café Debussy*, lequel était situé au milieu d'une rangée de boutiques à moitié en ruine, à quelques minutes de marche de la Tamise. Difficile de croire qu'une association de bienfaisance, riche de plusieurs millions de livres, opérait à partir de bureaux aussi petits et miteux. Mais peut-être ceci expliquait-il cela. Peut-être les responsables de Dream Time refusaient-ils de gaspiller les fonds collectés dans des locaux huppés de quartiers chic. C'est pour la même raison que les boutiques d'Oxfam, qui vendent des vêtements d'occasion et des produits artisanaux au profit des pays du Tiers-Monde, ont toujours l'air aussi minables.

Mais l'intérieur de Dream Time était bien différent de l'extérieur. On avait abattu les murs pour aménager un espace ouvert, avec une moquette moelleuse qui vous montait jusqu'aux chevilles, et des sièges en cuir si fin qu'on ne l'imaginait pas prélevé sur une vache ordinaire.

L'éclairage était de style italien. De la basse tension à prix élevé. Sur les murs : des photos encadrées d'enfants souriants du monde entier. Asie, Afrique, Europe, etc. La réceptionniste aussi était souriante. Nous savions déjà que l'association allait fermer boutique et il était évident qu'elle n'avait pas grand-chose à faire. À notre arrivée, elle finissait juste de se vernir les ongles. Un emploi verni, en somme.

Après un long moment d'attente, une porte s'est enfin ouverte et Fiona Lee est apparue. Du moins j'ai supposé que c'était elle. Nous avions téléphoné dans la matinée pour prendre rendez-vous. Grande et mince, elle avait noué ses cheveux noirs en un chignon tellement serré qu'on s'attendait à le voir exploser à tout instant. Elle avait l'air d'un mannequin, mais un mannequin de vitrine. Tout en plastique. Maquillage parfait, tenue vestimentaire parfaite. Tout en elle était parfait jusqu'au moindre détail. Soit elle passait des heures chaque matin à se pomponner, soit elle dormait suspendue sur un cintre dans sa penderie pour ne pas se froisser la peau.

— Bonjour, a-t-elle dit. (Joe Carter avait raison à son sujet. Elle avait un accent tellement snob que l'on distinguait chaque voyelle et chaque consonne.) Je m'appelle Fiona Lee.

Nous nous sommes présentés.

Son regard est allé de Tim à moi, et inversement. Elle n'a pas semblé impressionnée.

— Suivez-moi, je vous prie.

Elle nous a guidés dans un couloir bordé d'autres enfants souriants. Au bout du couloir, une porte menait à une pièce d'angle, dont les fenêtres donnaient sur Battersea Park d'un côté et sur la Tamise de l'autre. Rodney Hoover se tenait derrière un bureau jonché de papiers épars et de plantes en pot à moitié crevées. Il était en conversation téléphonique. Un bureau très laid pour un homme très laid. L'un et l'autre semblaient en bois. Épais, les épaules tombantes, des cheveux noirs jais et huileux, Hoover portait un costume démodé qui paraissait trop petit pour lui et des lunettes trop grandes. Il avait des dents horribles. En fait, la dernière fois que j'avais vu des dents pareilles, c'était dans la gueule d'un chien. Fiona Lee nous a fait un signe et nous nous sommes assis. Hoover a raccroché. Il s'exprimait avec un accent très marqué, qui pouvait être russe ou allemand. Et il avait très mauvaise haleine. Rien d'étonnant à ce que les plantes vertes de son bureau aient l'air de s'asphyxier.

— Bonjour.

— Je vous présente Tim Diamant, Mr. Hoover, a dit Fiona Lee. Il a téléphoné ce matin.

— Oh oui. Oui ! (Hoover s'est tourné vers Tim.) Je regrette de ne pouvoir vous aider, Mr. Diamant. (Son accent était terrible mais son haleine pire encore.) Vous comprenez, Mrs. Lee et moi-même allons fermer Dream Time. Alors si vous êtes venu pour votre jeune frère...

— Je ne demande pas la charité, l'ai-je coupé.

— Nous avons aidé un garçon de ton âge le mois dernier, est intervenue Fiona Lee. Il rêvait depuis toujours d'escalader de hautes montagnes mais il avait le vertige.

— Et alors, vous lui avez acheté une toute petite montagne ? a demandé Tim.

— Non. Nous lui avons payé des séances chez un psy. Ensuite nous lui avons offert un voyage sur l'Everest. Il est monté jusqu'au sommet ! Et, malgré une chute malheureuse, il a été très heureux. C'est notre but, Mr. Diamant. Nous employons l'argent collecté à rendre les enfants heureux.

— Prenez le cas de Rudy, par exemple ! s'est exclamé Hoover en désignant une photo d'enfant accrochée au mur. Si Dream Time avait continué son activité, ils auraient fini par manquer de murs. Rudy voulait devenir danseur. À l'école, il était rudoyé par des petits durs. Nous avons engagé d'autres durs pour rudoyer les petits durs qui rudoyaient Rudy et, aujourd'hui, Rudy est danseur de ballet !

— Ça a dû être dur pour les durs, ai-je marmonné.

— En quoi pouvons-nous vous aider, Mr. Diamant ?

— En répondant à quelques questions, a dit Tim. Au sujet d'un de vos amis. Lenny Smile.

Rodney Hoover et Fiona Lee se sont figés. Hoover s'est passé la langue sur les dents – ce qui ne devait pas être une partie de plaisir. Fiona est devenue toute pâle. Même son maquillage semblait avoir perdu la plupart de ses couleurs.

— Pourquoi poser des questions sur Lenny ? a-t-elle demandé.

— Pour avoir des réponses. C'est ma façon de procéder. Je suis détective privé, a expliqué Tim.

S'en est suivi un silence mortel. Qui convenait parfaitement à la situation, il faut bien le reconnaître.

— Lenny est mort, a repris Hoover. Vous savez parfaitement qu'il est enterré au cimetière de Brompton. Alors je me demande ce que vous voulez savoir de plus !

— Je sais qu'il est mort, en effet, a acquiescé Tim. Mais j'aimerais connaître les circonstances exactes de sa mort. J'ai cru comprendre que vous étiez présents.

— Oui, nous étions là, a reconnu Fiona. Une larme solitaire s'est mise à rouler sur sa joue. Pauvre, pauvre Lenny ! J'ai vécu le moment le plus horrible, le plus atroce de toute ma vie, Mr. Diamant.

— Pour lui non plus, ça n'a pas dû être folichon, ai-je remarqué à voix basse.

Fiona Lee m'a ignoré.

— Il était environ onze heures du soir. Mr. Hoover et moi étions venus le voir. Comme Lenny n'aimait pas sortir de son appartement, nous allions souvent chez lui pour lui rendre compte des activités de l'association et du montant des fonds collectés. Nous bavardions. Nous buvions un verre de vin, puis nous partions.

— Cette fois, a poursuivi Hoover, Lenny a voulu nous raccompagner à notre voiture. C'était une nuit magnifique. Il avait envie de respirer un peu l'air frais. Donc, nous avons quitté l'appartement ensemble.

— Lenny marchait un peu devant nous, a expliqué Fiona. Il marchait toujours très vite. Mr. Hoover s'est arrêté pour renouer son lacet et je l'ai attendu. Lenny s'est engagé sur la chaussée. Et c'est alors...

— Le rouleau compresseur roulait trop vite, a ajouté Hoover, en jurant dans une langue étrangère. Le conducteur rentrait chez lui. Il était pressé. Et il a écrasé Lenny ! Nous n'avons rien pu faire !

— Vous connaissez le nom du chauffard ? a demandé Tim.

— Krishner, je crois. Barry Krishner.

— Vous savez où on peut le trouver ?

— Dans un hôpital pour aliénés incurables, à Harrow, dans le nord de Londres, a répondu Fiona. Vous imaginez à quel point c'est une expérience traumatisante d'écraser quelqu'un avec un rouleau compresseur. Mais c'est de sa faute ! En roulant trop vite, il a tué l'homme le plus merveilleux qui ait jamais existé. Lenny Smile ! J'ai travaillé pendant vingt ans avec Lenny.

— Moi aussi, j'ai travaillé avec lui pendant vingt ans, a repris Hoover. Mais dites-moi une chose, Mr. Diamant. Qui vous a engagé pour poser des questions sur Lenny Smile ?

— Je ne révèle jamais le nom de mes clients, s'est défendu Tim. Joe Carter tient à rester anonyme.

— Carter ! a répété Hoover à mi-voix. Il a jeté un vilain regard à Tim – ce qui ne lui était pas difficile. J'aurais dû m'en douter. Bien sûr ! Carter est venu ici poser toutes sortes de questions, comme si Fiona et moi... Hoover a laissé sa phrase en l'air, avant de reprendre : Il n'y a absolument rien de suspect dans la mort de Lenny, Mr. Diamant. C'était un accident. Nous le savons. Pourquoi ? Parce que nous étions présents ! Vous croyez qu'on l'a assassiné ? Balivernes ! Qui aurait pu souhaiter sa mort ?

— Lenny avait peut-être des ennemis, a suggéré Tim.

— Tout le monde adorait Lenny, a rétorqué Fiona. Même ses ennemis l'aimaient. Toute sa vie, il n'a fait que distribuer de l'argent et aider les jeunes. Il a créé tellement d'orphelinats que, pour les remplir, nous avons dû faire de la publicité auprès des orphelins.

— Qu'avez-vous d'autre à nous apprendre au sujet de Lenny ? ai-je demandé.

— C'est difficile de décrire Lenny à quelqu'un qui ne l'a jamais rencontré.

— Essayez quand même. Où vivait-il ?

— Il louait un appartement dans Welles Road. Numéro 17. Il ne possédait pas de maison car il détestait dépenser de l'argent pour lui-même. (Fiona s'est tamponné le coin de l'œil avec son mouchoir.) Et il aimait être seul.

— Pourquoi ?

— À cause de ses allergies.

Les paroles de Carter sur la maladie de Smile me sont revenues en mémoire.

— À quoi était-il allergique ?

— À énormément de choses, a répondu Hoover. Chocolat, cacahuètes, yaourt, animaux, élastiques, insectes...

— Si une guêpe le piquait, Lenny passait une semaine à l'hôpital, a précisé Fiona.

— Et comme il était aussi allergique aux hôpitaux, il devait aller dans des cliniques privées.

Hoover s'est levé. Il venait brusquement de décider que l'entretien était terminé. Lenny Smile était une personnalité hors du commun. Des hommes de sa trempe, il en existe un sur un million. Et vous n'avez aucun droit de... de venir fouiner ici. Vous avez tort ! Vos soupçons sont ridicules !

— Absolument, a renchéri Fiona. La mort de Lenny est due à un terrible accident. La police a enquêté et n'a rien trouvé. Mr. Hoover et moi-même étions sur les lieux et nous n'avons rien remarqué.

— Vous pouvez dire à votre client « anonyme », Mr. Carter, qu'il ferait mieux de rentrer à Chicago, a conclu Hoover. Et maintenant, je vous prierais de partir.

Ce que nous avons fait. La dernière image que j'ai gardée en mémoire, c'est Rodney Hoover à côté de Fiona Lee. Ils se tenaient la main. Étaient-ils seulement collègues de travail, amis... ou plus ? Ce n'était pas tout. Hoover avait dit quelque chose. Je ne savais pas quoi exactement, mais j'aurais juré qu'il avait révélé par inadvertance un détail qu'il ne tenait pas à ce que nous sachions. J'ai fait défiler toute la conversation dans ma tête, mais en vain.

Nous avons quitté les locaux de Dream Time. Rodney Hoover et Fiona Lee nous avaient refroidis. Pour ne pas dire glacés. Nous ne disions pas un mot, mais nous avons l'un et l'autre soigneusement regardé avant de traverser la rue.

Au moins, Fiona Lee nous avait révélé l'adresse de Lenny Smile. Comme ce n'était pas loin, nous y sommes allés dans la foulée.

Welles Road se trouvait derrière Battersea, tout près du célèbre refuge pour chiens. Les hautes bâtisses en briques rouges étaient des résidences de luxe. Rien à voir avec des appartements ordinaires. Chaque immeuble comptait une douzaine d'habitants tout au plus, dont les noms figuraient sur la porte d'entrée. Lenny Smile avait occupé le 17A, au cinquième étage. Comme personne ne répondait à notre coup de sonnette, nous avons essayé le 17B. Après un silence, une voix de femme a grésillé dans l'interphone.

— Qui est-ce ?

— Nous sommes des amis de Lenny Smile ! me suis-je empressé de répondre dans le micro, avant que Tim n'invente une histoire de son cru.

— Cinquième ! a crié la voix.

Il s'est produit un bourdonnement, puis la porte s'est ouverte.

Avec son papier peint défraîchi et sa moquette élimée, l'intérieur de l'immeuble avait l'air fatigué. Nous l'étions nous aussi lorsque nous sommes parvenus au cinquième étage. L'ascenseur ne fonctionnait pas. Ça sentait l'humidité et la cuisine de l'avant-veille. Il fallait être riche pour habiter Battersea (à moins, bien sûr, d'être un chien résidant au refuge), et pourtant n'importe qui aurait pu vivre ici à condition de n'être pas trop pointilleux. Le cinquième étage était aussi le dernier. À notre arrivée, la porte du 17B était ouverte.

— Mr. Smile est mort !

La femme qui venait de nous annoncer la nouvelle avec tant de tact avait environ quatre-vingts ans, des cheveux blancs qui avaient de grandes chances d'être une perruque, et un visage qui avait renoncé depuis longtemps à paraître humain. Ses yeux, son nez et sa bouche semblaient avoir fusionné comme une bougie fondue. Même sans l'interphone, sa voix continuait de grésiller. Elle portait une robe à fleurs orange pâle ; le genre de tissu qui aurait mieux convenu à un fauteuil. Ses pieds étaient chaussés de pantoufles roses molletonnées. Ses jambes – du moins le peu que j'en apercevais – étaient velues et ne faisaient pas regretter de ne pas en voir davantage.

— Qui êtes-vous ? a questionné Tim.

— Mon nom est Joly.

— Je n'en doute pas, a rétorqué mon frère. Mais comment vous appelez-vous ?

— Je viens de vous le dire. Joly ! Rita Joly ! Je suis la voisine de Mr. Smile. Du moins... je l'étais.

— Vous avez déménagé ?

Mrs. Joly l'a regardé en plissant les yeux.

— Mais non, voyons ! Ne soyez pas idiot.

C'est Mr. Smile qui est parti. Au cimetière de Brompton !

— Ça, nous le savons, a dit Tim. Nous y sommes allés.

— Alors que voulez-vous ?

— Entrer dans son appartement.

— Pourquoi ?

J'ai décidé qu'il était temps d'intervenir.

— Mr. Smile était mon héros, ai-je menti, en arborant mon air de petit garçon perdu qui marchait en général très bien avec les vieilles dames. Et aussi, en l'occurrence, avec Tim. Il m'a beaucoup aidé.

— Il t'a donné de l'argent ? a demandé Mrs. Joly en me jetant un regard soupçonneux.

— Non, il m'a sauvé la vie. Je souffrais d'une maladie rare.

— Quelle maladie ?

— Elle est si rare qu'elle n'a pas de nom. Mr. Smile a payé mes médicaments. Je n'ai jamais eu l'occasion de le remercier. Et je pensais que si je pouvais au moins voir l'endroit où il a vécu...

Mrs. Joly s'est radoucie.

— J'ai une clé, a-t-elle dit en la sortant de sa poche. J'étais sa voisine depuis sept ans et je surveillais son appartement quand il était absent. Tu m'as l'air d'un bon garçon, alors je vais te laisser entrer quelque minutes. Par ici...

Il lui a fallu une éternité pour atteindre la porte. Et elle était déjà très vieille. Enfin nous sommes entrés. Mrs. Joly a refermé la porte et s'est assise pour se reposer.

L'appartement de Lenny Smile était petit et quelconque. Le salon était si rangé et impersonnel que l'on imaginait difficilement que quelqu'un y avait vécu. Un ensemble canapé fauteuils, une table basse, quelques objets décoratifs. Les tableaux avaient encore moins d'intérêt que les murs sur lesquels ils étaient accrochés. Même constat dans les autres pièces. L'appartement ne révélait rien sur la personne qui l'avait occupé. Même le réfrigérateur était vide.

— Vous voyiez souvent Mr. Smile ?

— Presque jamais, a répondu Mrs. Joly. Il était plus que discret, si vous voulez la vérité. Pourtant j'étais là, la nuit où il s'est fait écraser.

— Vous avez vu ce qui s'est passé ?

— Pas exactement, non. (Elle a secoué vigoureusement la tête, puis réajusté sa perruque et ses dents.) Mais je l'ai vu sortir. Il y avait deux personnes avec lui. Qui lui parlaient et l'aidaient à descendre.

— Qui l'aidaient ?

— Oui. Ils l'encadraient. Un homme et une femme...

Sans doute Fiona Lee et Rodney Hoover.

— Ensuite, j'ai entendu un bruit effroyable. Une sorte de grondement, puis d'écrasement. J'ai d'abord cru que j'avais un problème de digestion mais, après, j'ai regardé à la fenêtre. Ils étaient là ! Le couple et le conducteur de l'engin...

— Barry Krishner...

— Je ne connais pas son nom, jeune homme. Mais oui, le conducteur du rouleau compresseur était là. Il avait le teint cireux. On aurait dit un cadavre. Ça n'a rien de surprenant !

— Vous voulez dire que le conducteur était mort ? a demandé Tim.

— Mais non. Il était tout retourné. Il y avait lui, l'homme et la femme que j'avais aperçus dans l'escalier, et du sang partout sur la route ! C'est la chose la plus épouvantable que j'aie jamais vue. Et pourtant j'ai survécu à deux guerres mondiales ! Du sang partout, je vous dis. Des litres et des litres de sang...

— Merci, l'a interrompue Tim en blêmissant.

— Il n'y avait aucun autre témoin, Mrs. Joly ? ai-je demandé.

— Un seul, a répondu la vieille dame en se penchant en avant. Un vendeur de ballons qui marchait sur le trottoir d'en face. Il a tout vu, j'imagine. On m'a déjà interrogée à son sujet, alors, avant que vous ne me posiez la question, laissez-moi vous dire que je ne sais pas qui il est, ni d'où il vient. C'était un vieil homme. Il avait une barbe et une cinquantaine de ballons à l'hélium. Flottant au-dessus de lui.

— Sa barbe flottait au-dessus de lui ?

— Les ballons, Tim, pas sa barbe, ai-je grommelé. Mrs. Joly, avez-vous autre chose à nous apprendre sur Lenny Smile ?

— Non, je ne vois pas. (Soudain, des larmes ont embué ses yeux. Elle a sorti un mouchoir et s'est mouchée bruyamment.) Il va me manquer. Je ne le rencontrais jamais, c'est vrai, mais c'était un gentleman. Regardez ce petit mot qu'il m'a écrit la semaine dernière, pour mon quatre-vingt-quinzième anniversaire. Il l'a glissé sous ma porte.

Mrs. Joly a sorti de sa poche un morceau de papier froissé, visiblement une feuille de cahier d'écolier, avec ces quelques mots à l'encre verte :

Chère Mrs. Joly
Je vous souhaite un joyeux anniversaire.
L.S.

C'était tout. Le message n'avait rien d'intéressant, c'était le moins qu'on pouvait en dire, pourtant quelque chose ne collait pas. J'ai rendu le papier à la vieille dame, qui a ajouté :

— Personne d'autre ne se souvenait de mon anniversaire. Je ne recevais jamais de cartes. Il faut dire que tous mes amis sont morts sous les bombardements pendant la guerre.... (Elle a séché ses yeux.) On ne pouvait pas rêver de voisin plus tranquille. Et maintenant qu'il est parti, il me manque vraiment.

Comment pouvait-il lui manquer si elle ne le voyait jamais ? Et pourquoi Lenny Smile prenait-il tant de précautions pour ne pas être vu ? Je commençais à me rendre compte que ce n'était pas seulement la photo de Carter qui était floue. On pouvait appliquer le même qualificatif à tout ce qui concernait la vie de Lenny Smile.

Barry Krishner, le conducteur du rouleau compresseur a été relativement facile à localiser. Il n'existait qu'un seul institut pour aliénés incurables à Harrow. Ou plus exactement deux, si l'on compte le collège privé situé un peu plus loin. L'hôpital était un immense bâtiment de la fin du XIXe siècle, au milieu d'un parc, avec une allée menant à la porte principale.

— Tu es sûr que c'est ici ? s'est étonné Tim.

— Certain. C'est ce qui s'appelle avoir la folie des grandeurs.

Je dois avouer que j'étais un peu inquiet d'entrer dans un asile d'aliénés avec Tim. Je craignais qu'on ne le laisse pas sortir. Mais il était trop tard pour faire demi-tour. L'un des médecins, un certain Dr Eve, nous attendait dans le hall. Petit, chauve, il avait une barbiche qu'on aurait cru sortie d'un magasin de farces et attrapes. Une fois les présentations faites, il nous a conduits dans les sombres entrailles du bâtiment.

— Krishner réagit très bien au traitement, a expliqué le Dr Eve. Sinon je ne vous aurais pas autorisés à le voir. Néanmoins, je vous recommande d'être très prudents. Comme vous l'imaginez sûrement, écraser quelqu'un avec un rouleau compresseur est une expérience extrêmement traumatisante.

— Pour Lenny Smile ? a dit Tim.

— Pour le conducteur ! À son arrivée, ici, Krishner était en état de choc. Il mangeait très peu. Parlait à peine. La nuit, il se réveillait en hurlant.

— De mauvais rêves, Dr Eve ?

— De vrais cauchemars, mon cher. Mais nous lui avons donné des calmants et son état s'est considérablement amélioré. Toutefois, Mr. Diamant, n'essayez surtout pas d'évoquer ce qui s'est passé. Ne mentionnez aucun détail. Le rouleau compresseur, l'accident lui-même. Du tact et de la discrétion !

— Je suis le tact personnifié, a assuré Tim.

— Et, surtout, n'oubliez pas que Krishner n'est pas un malade mental. Il est mon patient, c'est pourquoi il est ici. Alors ne dites rien qui pourrait lui laisser penser qu'il a l'esprit dérangé.

— Je serais fou de faire une chose pareille ! s'est esclaffé Tim. Alors, docteur, où est la cellule capitonnée de notre ami ?

Barry Krishner était assis dans une petite chambre désuète, comme on en voit dans certains hôtels de bord de mer. Une large fenêtre, sans barreaux, donnait sur le parc. Krishner était un petit homme aux cheveux gris, vêtu d'une vieille veste sport et d'un pantalon sombre. Ses yeux clignaient continuellement derrière ses lunettes et il se rongeait les ongles. Hormis cela, personne n'aurait pu dire qu'il avait récemment reçu un choc.

— Bonjour, Barry, a lancé le Dr Eve. Ces personnes désirent vous poser quelques questions importantes concernant Lenny Smile. (Krishner a sursauté comme s'il venait de recevoir une décharge électrique. Le Dr Eve a souri et continué d'une voix apaisante.) Vous n'avez rien à craindre, Barry. Ils ne vont pas vous harceler.

Le médecin a fait un petit signe de tête à Tim, qui a enchaîné :

— Quels souvenirs écrasants vous devez avoir, Mr. Krishner !

Krishner a poussé un gémissement et s'est tassé sur sa chaise. Le Dr Eve a jeté un regard noir à Tim, puis s'est approché pour prendre gentiment le bras de son patient.

— Ça va, Barry ? Voulez-vous que j'aille vous chercher à boire ?

— Bonne idée ! a approuvé Tim. Pourquoi pas un citron pressé ?

Krishner a couiné. Ses lunettes ont glissé de son nez. Un de ses yeux était injecté de sang.

— Mr. Diamant ! s'est écrié le Dr Eve avec colère. Je vous prie de surveiller vos paroles. Vous m'avez dit vouloir demander à Barry ce qu'il avait vu devant l'immeuble de Lenny Smile.

— Oui, excusez-moi. C'est la fatigue. Je suis ratatiné.

Cette fois, Krishner est devenu livide. J'ai cru qu'il allait s'évanouir.

Le Dr Eve a foudroyé Tim du regard.

— Pour l'amour du ciel... !

— O.K., doc., a dit Tim avec empressement. Il est temps de mettre les choses à plat...

Les lèvres de Krishner se sont mises à écumer.

— Je veux vraiment liquider cette affaire. Mais les indices sont très minces et...

Barry Krishner a poussé un cri et sauté par la fenêtre. Sans l'ouvrir. Des sirènes d'alarme ont hurlé dans tout l'hôpital. Deux minutes plus tard, Tim et moi étions escortés dehors sans ménagement.

— Ils ne nous ont pas beaucoup aidés, a marmonné mon frère. Tu crois que j'ai dit quelque chose qui les a vexés ?

Je me suis abstenu de répondre. Nous avions passé la journée à suivre les pas d'un homme supposément mort, et ils ne nous avaient menés à rien.

Où allions-nous aller, à présent ?

3

Un soir au cirque

Le lendemain était un samedi. Tim était de mauvaise humeur en arrivant à la table du petit déjeuner. Visiblement, il s'était levé du mauvais côté : mauvaise idée puisqu'il dormait près de la fenêtre. Au moins, il y avait à manger dans le frigo. L'argent de Joe Carter nous durerait un mois. J'avais cuisiné des œufs, du bacon, des tomates, des saucisses et des haricots blancs. Les journaux étaient arrivés : le *Sun* pour moi, le *Dandy* pour Tim. Une heure plus tard, nous étions si repus que nous pouvions à peine bouger. Rien de tel qu'un copieux breakfast anglais pour avoir une copieuse crise cardiaque anglaise.

En réalité nous étions au trente-sixième dessous – cette fois, je ne parle pas de nos finances mais de notre moral. Nous n'avions pas avancé d'un pouce dans notre enquête sur Lenny Smile. Rodney Hoover et Fiona Lee, le couple qui dirigeait désormais Dream Time, n'étaient pas très nets. Selon Mrs. Joly, la voisine de palier, ils avaient à moitié porté Smile pour descendre l'escalier, juste avant l'accident. Était-il ivre ? Ou drogué ? Ils avaient très bien pu le projeter sous le rouleau compresseur. Mais, dans ce cas, pourquoi ? Comme Tim n'aurait pas manqué de l'observer, il leur fallait une raison... pressante.

Barry Krishner, le conducteur du rouleau compresseur, ne nous avait rien appris. Après son entrevue avec Tim, il mettrait probablement plusieurs années avant de recouvrer la parole. Il bredouillerait, baragouinerait, mais former de vraies phrases serait sans doute au-dessus de ses capacités. La police avait enquêté sans rien trouver. Peut-être n'y avait-il rien à trouver.

Et pourtant...

Une petite voix, au fond de moi, doutait encore de la mort de Lenny Smile. Je n'arrivais pas à oublier l'homme aperçu au cimetière de Brompton. Il y avait une ressemblance troublante entre lui et l'homme de la photo. De plus, il avait filé dès que je l'avais repéré. Mais si Lenny n'était pas mort, où était-il ? Et qui avait trépassé sous le rouleau compresseur ?

— J'abandonne ! s'est exclamé Tim.

Avait-il lu dans mes pensées ?

— J'admets que ce n'est pas une affaire facile...

— Mais non ! Je parle des mots croisés du *Dandy* !

J'ai préféré ne pas discuter et me suis plongé dans mon propre journal. C'est alors que ça m'a sauté aux yeux. C'était sur la même page que l'horoscope. Une publicité pour un cirque à Battersea Park.

En provenance directe de Moscou
LE GRAND CIRQUE RUSSE
Avec
Les Frères Karamazov Volants
Karl et Marx – Les hommes canons
La Fabuleuse Tina Trotsky
Les Trois Sœurs monocyclistes
Et bien d'autres encore !

Une photo montrait un grand chapiteau, mais c'était ce qui se tenait devant qui avait attiré mon attention. Une silhouette. Un vendeur de ballons.

— Regarde, Tim !

J'ai glissé le journal vers lui. Tim a jeté un coup d'œil.

— Incroyable ! s'est-il exclamé. Je vais rencontrer un vieil ami !

— De quoi tu parles ?

— Mon horoscope. Il est dit que...

— Pas l'horoscope, Tim ! La publicité qui se trouve dessous.

Tim a lu rapidement, puis levé la tête.

— Ce n'est pas le moment d'aller au cirque, Nick. Nous sommes sur une affaire !

— Examine bien le vendeur de ballons sur la photo. Tu ne te rappelles pas ce que Mrs. Joly nous a dit ? Il y avait un témoin, la nuit où Lenny Smile a été tué. Un vieil homme qui vendait des ballons. Ça m'a paru bizarre. Que faisait un vendeur de ballons à Battersea Park au milieu de la nuit ?

— Il s'était peut-être perdu...

— Je ne crois pas. Je pense qu'il faisait partie du cirque. Il figure sur la photo dans le journal. Peut-être que le vendeur de ballons annonçait la venue du cirque ! Il faisait de la pub !

— Tu veux dire... sur ses ballons ?

— Bravo, Tim ! Tu as pigé tout de suite !

Tim a déchiré la page du journal en deux. Il a dû saisir la nappe en même temps car j'ai entendu un craquement de tissu. Puis il a plié le papier et l'a rangé dans sa poche de poitrine.

— C'est ton tour de vaisselle, Nick.

— Alors allons-y !

En fait, nous ne sommes retournés à Battersea que le soir. L'encart publicitaire annonçait une seule représentation du cirque, à dix-neuf heures trente, et je ne voyais aucune raison d'y aller plus tôt. Si le vendeur de ballons en faisait partie, il serait probablement près du chapiteau pendant la séance. Nous l'intercepterions à ce moment-là.

Je ne sais pas ce que vous pensez des cirques. Moi, pour être franc, je n'ai jamais été un fan. Quand on y réfléchit bien, existe-t-il quelqu'un de moins drôle au monde qu'un clown ? Et que dire des gens qui ont passé la moitié de leur vie à apprendre à tenir en équilibre sur leur nez trente assiettes tournoyantes et une ombrelle ! Bon, d'accord, c'est très habile. Mais il y a sûrement des choses plus utiles à faire pour occuper son temps ! Et son nez. À une époque, on voyait des animaux – des lions, des éléphants – faire un numéro sur la piste. Aujourd'hui c'est interdit, et tant mieux. À mon avis, on devrait interdire aussi tous les autres numéros et abréger les supplices de tout le monde. Pardonnez-moi. Il paraît que certaines personnes fuguent pour aller s'engager dans un cirque. Personnellement, je m'enfuis pour éviter d'en voir un.

Cela dit, je dois reconnaître que Le Grand Cirque Russe ne manquait pas d'intérêt. Le chapiteau était planté au beau milieu du parc et il y avait quelque chose de démodé, d'un peu fou, dans les couleurs criardes et les banderoles bordées d'argent par la lune de novembre. Quatre ou cinq cents amateurs étaient venus assister au spectacle. Des acrobates perchés sur des échasses et des jongleurs les distrayaient pendant qu'ils faisaient la queue. Outre le chapiteau lui-même, une douzaine de roulottes garées sur l'herbe formaient un village miniature. Certaines étaient des caravanes modernes et laides, d'autres, anciennes, en bois peint rouge, bleu et or, évoquaient les Tsiganes et les diseuses de bonne aventure – de vieilles femmes ratatinées qui lisaient votre avenir dans votre main à la lueur d'une chandelle. Un jour, à Torquay, Tim s'était fait lire les lignes de la main et la voyante avait tellement ri qu'elle avait dû se reposer un moment. Et encore, elle n'avait regardé qu'un doigt de sa main gauche !

Nous avons acheté des billets pour le spectacle. Tim y tenait absolument. Comme nous avions traversé la moitié de Londres pour arriver jusqu'ici, je n'ai pas voulu le contrarier. C'étaient presque les derniers sièges disponibles. Nous avons suivi la foule sous le chapiteau, qui paraissait encore plus grand à l'intérieur. Il était éclairé par des torches fixées sur des piquets de bois à rayures. De la fumée grise s'élevait en volutes et des ombres sombres dansaient sur la piste. Tout baignait dans une étrange lueur rouge, qui nous transportait un siècle en arrière. Le haut du chapiteau était un enchevêtrement de cordes et de filins, d'anneaux et de trapèzes, comme autant de promesses des numéros à venir. Mais, pour l'instant, l'arène était déserte. Les bancs de bois s'élevaient en gradins sur sept rangées tout autour de la piste. Nous occupions les places les moins chères, à l'avant-dernier rang. J'avais offert une barbe à papa à Tim. Le temps que le spectacle commence, il avait réussi à en coller sur lui et sur tous nos voisins.

Un orchestre a pris place de l'autre côté de la piste. Cinq musiciens vêtus de queues-de-pie vieilles et miteuses. En parfaite harmonie avec leurs visages. Le chef d'orchestre semblait avoir cent ans. J'espérais que la musique n'était pas trop enlevée, sinon son cœur n'y résisterait pas. D'une main tremblante, il a levé sa baguette et l'orchestre a entamé le premier morceau. Malheureusement, les musiciens n'ont pas commencé en même temps et il s'en est suivi une effroyable cacophonie, chacun se dépêchant d'atteindre la note finale le premier. Mais le chef d'orchestre paraissait ne pas s'en apercevoir et le public était ravi. Il était venu pour s'amuser, et quand le violoniste est tombé, puis quand le tromboniste a laissé choir son instrument, tout le monde a applaudi.

Du coup, j'étais moi-même presque impatient de voir le spectacle. Mais à la façon dont les choses ont tourné, mon attente allait être déçue.

L'orchestre a terminé le premier morceau et en a exécuté un deuxième – au sens propre du terme. D'ailleurs, le second ressemblait au premier comme une goutte d'eau. J'observais les spectateurs quand, tout à coup, je me suis figé. Un homme était assis au premier rang, juste à côté de l'ouverture du chapiteau par laquelle entraient les artistes. Il portait un manteau long, un chapeau et des gants. Il se trouvait trop loin, ou peut-être était-ce à cause du faible éclairage et de la fumée, mais, une fois de plus, son visage était flou. Malgré cela, je l'ai reconnu aussitôt.

C'était l'homme du cimetière.

L'homme sur la photographie, devant le *Café Debussy*.

Lenny Smile !

J'ai empoigné le bras de mon frère.

— Vite, Tim !

Tim a sursauté et expédié le reste de sa barbe à papa sur les genoux de la dame assise derrière lui.

— Quoi ? Qu'est-ce qu'il y a ?

— Regarde là-bas !

Alors que je cherchais à localiser Lenny Smile au milieu de la foule, je l'ai aperçu qui se levait et se faufilait dehors. Le temps que Tim suive mon doigt, il avait disparu.

— C'est un clown ? a demandé Tim.

— Non, Tim ! C'est l'homme au visage flou !

— Qui ?

— Peu importe. Il faut y aller...

— Mais le spectacle n'a pas encore commencé !

J'ai entraîné Tim et nous nous sommes frayé un chemin jusqu'à la sortie. J'avais l'esprit en ébullition. Je ne savais toujours pas qui était réellement l'homme au manteau, mais si c'était le même que celui entrevu au cimetière, que faisait-il ici ? Nous avait-il suivis ? Impossible. J'étais certain qu'il ne nous avait pas remarqués au milieu de la foule. Il était là pour une autre raison et je me doutais que ce n'était pas pour le numéro de jonglage ni pour les tartes à la crème des clowns.

Nous sommes sortis du chapiteau juste au moment où Monsieur Loyal, un grand gaillard en veste rouge et chapeau haute-forme noir, arrivait pour présenter le spectacle. Je l'ai vaguement entendu aboyer quelques mots en russe, mais Tim et moi étions déjà à l'air libre, sous la lune argentée, dans le parc désert et surnaturel, à une trentaine de mètres des roulottes.

— Qu'est-ce qu'il y a ? a grommelé Tim, qui avait oublié pourquoi nous étions venus et regrettait de ne pas assister au spectacle.

Je lui ai brièvement expliqué la situation.

— Nous devons rechercher cet homme, Tim.

— Mais nous ne savons pas qui il est !

— C'est justement pour ça que nous devons le chercher.

Il n'y avait qu'un seul endroit où il avait pu aller. Nous nous sommes dirigés vers les roulottes, soudain conscients du froid et du silence qui régnaient dehors, loin de la foule. La première roulotte était vide. Dans la deuxième, un nain sirotait tristement de la vodka. Alors que nous approchions de la troisième, un homme vêtu d'une fausse peau de léopard est passé près de nous, portant une poutrelle en fer. Sous le chapiteau, Monsieur Loyal achevait sa présentation, salué par des applaudissements. Soit il avait raconté une blague, soit le public était simplement content qu'il ait fini de parler. A suivi un roulement de tambour. Nous étions arrivés devant la quatrième roulotte..

Lenny Smile – si c'était bien lui – s'était évaporé. Mais il y avait bien un mort dans Battersea Park.

Les ballons m'ont tout de suite appris à qui appartenait la roulotte. Ils étaient une cinquantaine, de toutes les couleurs imaginables, serrés les uns contre les autres comme des êtres vivants qui avaient compris ce qui venait de se passer. Ils donnaient l'étrange impression de se tapir dans un coin. Les ballons ne touchaient pas le sol. Le vendeur, oui. Il était allongé sur le tapis, avec un objet argenté posé près de son bras.

— Ne le touche pas, Tim !

Trop tard. Tim s'était déjà penché pour ramasser l'objet.

C'était un couteau. La lame mesurait une dizaine de centimètres. Elle correspondait parfaitement à la blessure, profonde de dix centimètres, dans la nuque de la victime. Il n'y avait pas beaucoup de sang. Le vendeur de ballons était un vieil homme. L'assassin avait dû avoir la sensation de tuer un épouvantail.

Puis quelqu'un a crié.

Je me suis retourné d'un bond. Une petite fille était là, en robe dorée cousue de paillettes, juchée sur un vélo à une seule roue et pédalant d'avant en arrière pour garder l'équilibre. Elle pointait sur Tim son index tremblant, les yeux emplis d'horreur. Soudain, j'ai pris conscience de la venue d'autres artistes du cirque, qui sortaient de leurs roulottes comme de bon matin après une nuit de sommeil. Mais c'était le soir et ces gens n'étaient pas en pyjama ! Il y avait un clown en pantalon rayé, avec un chapeau melon et l'inévitable nez rouge. Un homme perché sur des échasses. Un type très gros avec un casque. Deux autres sœurs sur des monocycles. L'homme fort était revenu avec sa poutrelle en acier. Des jumeaux parfaitement identiques, la même expression sur le visage, se tenaient côte à côte, comme des images inversées. Tous avaient les yeux fixés sur mon frère Tim, le couteau à la main, hésitant sur le pas de la porte d'un homme qui venait d'être assassiné.

La petite fille s'est remise à hurler et a dit quelque chose. L'homme fort a parlé. Puis le clown. Pour moi, c'était du charabia, mais il ne fallait pas beaucoup d'imagination pour deviner ce qu'ils disaient.

— *L'homme ballon a été assassiné !*

— *Pauvre vieux ! Qui a fait ça ?*

— *Sans doute cet Anglais à l'air abruti qui tient le couteau.*

J'ignore à quel moment exact les choses ont mal tourné, mais j'ai soudain compris que tous ces amuseurs n'avaient plus du tout envie de nous divertir. Le clown a fait un pas en avant, son visage aux paupières fardées de blanc et surmontées de diamants verts était tordu et laid. Il a posé une question à Tim. Sa voix était cassée par l'émotion et son maquillage se craquelait.

— Je ne parle pas le russe, a dit Tim.

— Vous tuer Boris !

L'homme aux ballons se prénommait donc Boris. Le clown parlait anglais avec un accent à couper au couteau et faisait d'énormes efforts pour être compris.

— Moi ? s'est exclamé Tim d'un air innocent en levant la main. Malheureusement, dans sa main, il y avait l'arme du crime.

— Pourquoi vous tuer Boris ?

— Vous voulez dire *Pourquoi avez-vous tué Boris ?* a corrigé Tim. Il faut conjuguer le verbe...

— Je ne pense pas qu'il veuille une leçon d'anglais, Tim.

Mon frère m'a ignoré.

— J'ai tué Boris, tu as tué Boris, il a tué Boris ! a-t-il expliqué devant l'auditoire de plus en plus médusé.

— Non, je n'ai pas tué Boris ! me suis-je défendu.

— Ils ont tué Boris, a conclu le clown.

— Oui, c'est ça, a souri Tim d'un ton encourageant.

— Mais non, nous ne l'avons pas tué ! ai-je protesté.

Trop tard. Ils se sont rapprochés. Je n'aimais pas du tout leur façon de nous dévisager. Et d'autres les avaient rejoints. Quatre frères débordant de muscles en justaucorps blanc avaient surgi de l'ombre. Monsieur Loyal nous observait depuis l'entrée du chapiteau. Je me suis demandé si quelqu'un faisait un numéro devant le public. La troupe entière semblait s'être rassemblée à l'extérieur.

Monsieur Loyal a aboyé un ordre bref en russe qui m'a fait réagir.

— Filons, Tim !

Tim a lâché le couteau et nous sommes partis en courant juste au moment où les artistes commençaient à se mettre en mouvement. De leur point de vue, Tim venait d'assassiner un des leurs, et c'était œil pour œil dent pour dent – ou couteau pour couteau. C'étaient des forains. Des gens du voyage. Ils avaient leurs propres règles, quel que soit le pays où ils se trouvaient.

Tim et moi courions à travers le parc en essayant de nous dissimuler dans les ombres, ce qui n'était pas facile avec la lune qui brillait pleins feux. Un objet long et massif a filé dans l'air avant de venir se ficher dans la terre tendre. L'homme fort avait lancé sa poutrelle dans notre direction. Nous avons eu de la chance : il était fort mais visait mal. La poutrelle a été retrouvée le lendemain, plantée dans l'herbe comme un étrange arbre de fer. À cinquante centimètres près, on nous aurait récupérés dessous.

Mais j'ai vite compris que ce n'était que le début de nos soucis. La troupe entière avait abandonné le spectacle pour se lancer à notre poursuite. La nouvelle s'était vite propagée. Nous avions tué le vieux Boris, ils allaient nous tuer. Un bruit sourd a retenti : *whoumfff !* et une forme a giclé. C'était l'homme au casque, Karl, l'homme canon, que son alter ego, Marx, le canonnier, avait propulsé vers nous. J'ai tout juste eu le temps d'entrevoir ses deux poings tendus en avant pour mieux fendre l'air, et de pousser Tim à terre. Karl nous a survolés, puis il est allé percuter un grand chêne, un peu plus loin. Il s'est produit un bruit sourd et l'homme canon a fini coincé entre deux branches.

— Tu crois qu'il s'est fait mal ?

— À mon avis, il ne sera plus un boulet pour personne. Dépêche-toi, Tim !

Nous nous sommes relevés juste au moment où le clown s'élançait vers nous dans une mini voiture multicolore. J'ai regardé devant nous, saisi d'angoisse. Nous étions vraiment au milieu de nulle part, avec des pelouses tout autour, la rivière au loin, et personne en vue. Tous les gens qui se trouvaient dans le parc à cette heure étaient sous le chapiteau.

— Cours, Tim !

Le clown se rapprochait. Je distinguais son visage, encore moins comique que d'habitude, son fard blanc blafard sous la lune. Dans quelques secondes, il allait nous rattraper et nous écraser. Mais, soudain, une explosion a retenti. Le capot de la voiture s'est ouvert, les roues sont tombées, de l'eau a giclé du radiateur, et de la fumée a jailli de l'arrière. Le clown avait sans doute appuyé sur le mauvais bouton. Ou bien la voiture avait simplement exécuté son numéro habituel.

— Par où ? a demandé Tim, hors d'haleine.

Je me suis retourné pour jeter un coup d'œil. L'espace d'un bref et délicieux moment, il m'a semblé que nous avions semé toute la troupe du cirque, mais soudain quelque chose a sifflé dans l'air et s'est fiché dans l'écorce d'un arbre tout proche. Un couteau. Mais d'où l'avait-on lancé ? J'ai levé les yeux. Un câble téléphonique traversait le parc, relayé par une série de poteaux. Cela paraissait impossible, pourtant un homme était juché en équilibre sur le câble, à une dizaine de mètres au-dessus du sol, et s'apprêtait à sortir un deuxième couteau. Un funambule ! Il nous avait suivis par la voie des câbles téléphoniques, sans le moindre effort apparent. Au même instant nous sont parvenus un grondement et des hoquets de moteur, et nous avons vu une moto avancer en zigzag sur la pelouse. L'un des frères acrobates en justaucorps blanc la conduisait. Deux autres étaient perchés sur ses épaules. Le quatrième frère formait le haut de la pyramide et brandissait ce qui ressemblait horriblement à une mitraillette. La moto roulait lentement à cause du poids de ses passagers. Mais elle a bientôt été rattrapée par les trois sœurs en monocycle. Le clair de lune faisait non seulement étinceler les paillettes de leurs costumes mais aussi les immenses épées qu'un autre artiste avait dû leur confier. Toutes trois poussaient des hurlements stridents, et quelque chose me disait que ce n'était pas un chant du folklore russe. L'homme aux échasses arrivait à grandes enjambées, pareil à un monstrueux insecte, projetant de longues ombres sinistres sur le sol. Il avait réussi à nous prendre à revers. Enfin, à mon grand étonnement, a retenti un barrissement, et j'ai vu surgir des arbres un éléphant de grande taille, sur le cou duquel était juchée une fille en plumes blanches. Probablement Tina Trotsky. Ainsi donc, en dépit de la loi, le cirque russe possédait au moins un animal.

Un éléphant ! Et pourquoi pas des lions !

— Ils ont un éléphant ! s'est écrié mon frère.

— Oui, je l'ai vu, Tim.

— Tu crois que c'est un éléphant d'Afrique ou d'Asie ?

— Quoi ?

— Je n'arrive jamais à savoir qui est qui.

— Quelle importance ? Ça ne fera aucune différence quand il nous piétinera !

Les artistes du cirque se rapprochaient de tous côtés. Un crépitement a éclaté. La mitraillette ! Les balles arrachaient l'herbe autour de nous. Le nain que j'avais aperçu en train de dormir dans sa roulotte s'était réveillé. C'était un cracheur de feu... c'est du moins ce qui pouvait expliquer le lance-flammes sanglé dans son dos. Pour résumer, nous avions donc l'éléphant, la moto et les monocycles d'un côté, le nain et l'homme aux échasses de l'autre. Le funambule se baladait au-dessus de nos têtes et l'homme canon s'extrayait tant bien que mal de son arbre.

La situation se présentait mal.

Tout à coup, une voiture a surgi sur la pelouse, roulant à vive allure. Elle a doublé une des monocyclistes, la projetant au passage sur le côté, et cassé en deux les échasses de l'homme insecte, qui a plongé tête la première dans un fourré d'orties en poussant un cri. L'éléphant a reculé et s'est cabré. Tina Trotsky a effectué un saut périlleux arrière dans un envol de plumes blanches. La voiture a freiné brutalement à côté de nous et une portière s'est ouverte.

— Montez ! a crié une voix que j'ai reconnue aussitôt.

— Vous êtes taxi ? a demandé Tim.

Je crois qu'il s'inquiétait pour le prix de la course.

— Peu importe, Tim. Monte !

Je l'ai poussé et j'ai plongé derrière lui sur la banquette arrière. Une autre rafale de mitraillette a crépité, suivie d'un jet de flamme, et d'un bruit métallique – le choc d'un couteau contre le bord de la portière. Mais la voiture avait déjà démarré et bondissait sur l'herbe. Un buisson nous bloquait le passage. Le conducteur a foncé dedans. De l'autre côté, se trouvait une route. Une camionnette a fait une embardée pour nous éviter, puis un bus a braqué brutalement pour éviter la camionnette. Des pneus ont hurlé. Ainsi que des klaxons. Et des automobilistes. Il s'est produit quelques froissements de tôle.

Mais nous étions déjà loin de Battersea Park.

Je l'ai déjà dit : le cirque ne m'a jamais emballé. Et les événements de cette soirée ne risquaient pas de me faire changer d'avis.

4

Le véritable Lenny Smile

— Tiens, tiens, tiens. Quelle mauvaise surprise. Les frères Diamant ! Le cirque vous a plu ?

L'homme qui parlait ainsi était le conducteur de la voiture. Notre sauveur. Il nous avait amenés directement à son bureau de Scotland Yard. Cela faisait quelque temps que nous n'avions pas vu l'inspecteur-chef Snape. Pourtant c'était bien lui, toujours aussi désagréable.

Quelques années plus tôt, Snape avait eu Tim sous ses ordres comme simple agent de police. À l'époque, lui-même était simple inspecteur et n'avait sans doute pas encore de cheveux blancs.

C'était un homme imposant, solide, qui faisait probablement de la musculation. Personne ne naît avec autant de muscles. Il avait de petits yeux bleus et un teint de jambon cru. Il portait un costume fait sur mesures, mais malheureusement sur celles de quelqu'un d'autre. On avait l'impression qu'il allait exploser. Sa cravate était tordue. De même que ses dents. Et probablement que la plupart des gens qui passaient entre ses mains.

Jusqu'alors j'avais ignoré son prénom mais je l'ai lu sur la porte : Freddy. Freddy Snape. Son bureau, au quatrième étage, donnait sur la fameuse enseigne tournante de Scotland Yard. J'avais déjà eu l'occasion de le rencontrer, notamment lorsque Tim et moi étions à la poursuite du Faucon Malté, puis lorsqu'il m'avait obligé à partager la cellule d'un maître du crime : Johnny Powers. Snape n'était pas le genre d'homme que l'on avait envie de croiser souvent sur son chemin, même s'il venait de nous sauver de la troupe assassine du Cirque Russe.

Son adjoint l'accompagnait. L'inspecteur Boyle n'avait guère changé depuis notre dernière rencontre. Avec son physique et ses manières, il aurait pu s'appeler Bison. Petit, épais, avec des cheveux noirs frisés, il aurait pu figurer dans un documentaire sur l'homme de Neandertal. Il portait un blouson de cuir noir et un jean délavé, et deux médailles enfouies dans la forêt broussailleuse qui jaillissait de son torse par le col ouvert de sa chemise. Boyle avait l'air plus criminel que les criminels qu'il arrêtait. Le type d'individu que l'on n'a pas envie de rencontrer par une nuit sombre. Que l'on n'a pas envie de rencontrer du tout, en réalité.

— C'est incroyable ! s'est exclamé Tim en se tournant vers moi. Tu te souviens de mon horoscope dans le journal ? On me prédisait que j'allais retrouver un vieil ami !

— Je ne suis pas un vieil ami ! a explosé Snape. Je vous déteste !

— Moi j'aimerais bien faire ami-ami avec lui, a marmonné Boyle en enfilant un coup-de-poing américain sur sa main droite. Si vous nous laissiez tous les deux dans un endroit tranquille, chef ?

— Oublie ça, Boyle ! a grondé Snape. Et où as tu déniché ce coup-de-poing américain ? Tu es encore retourné dans la réserve des pièces à conviction ?

— Non, c'est le mien ! a protesté Boyle.

— Ah, alors... range-le.

Boyle a ôté l'arme de sa main avec une moue boudeuse.

Snape s'est assis derrière son bureau, en face de Tim et de moi. Nous l'attendions depuis deux heures mais il n'a même pas daigné nous offrir une tasse de thé.

— Ce que j'aimerais savoir, a commencé Snape, c'est ce que vous fabriquiez au cirque, ce soir. Pourquoi les artistes essayaient de vous tuer. Et ce qui est arrivé au vendeur de ballons, Boris.

— Quelqu'un l'a tué, ai-je répondu.

— Ça, je le sais. J'ai vu le corps. On l'a poignardé.

— Les gens du cirque ont cru que c'était nous.

— On peut les comprendre, puisque vous étiez sur place, a marmonné Snape avec un sourire sans joie. Nous sommes allés au cirque pour interroger le vendeur de ballons. Une chance pour vous. Mais vous deux, pourquoi vous intéressiez-vous à lui ?

— Je voulais acheter un ballon à Tim.

— Pas d'histoires, Diamant ! À moins que tu ne tiennes à passer un petit moment en tête à tête avec Boyle.

— Oh oui, a imploré Boyle. Juste une minute. Trente secondes !

— D'accord, d'accord. Nous enquêtons sur Lenny Smile.

— Tiens ! s'est exclamé Snape avec un air surpris. Et pourquoi ?

— Nous travaillons pour un Américain. Joe Carter...

— Il pense que Lenny Smile a été tué, a ajouté Tim.

Snape a hoché la tête.

— Évidemment Smile a été tué. C'est la meilleure chose qui pouvait lui arriver. Si je n'étais pas policier, j'aurais moi-même essayé de le liquider.

— Mais c'était un saint ! a bafouillé Tim.

— Un escroc ! Lenny Smile était le plus grand truand de Londres ! Nous enquêtons sur lui depuis des mois, et nous l'aurions arrêté s'il n'était pas passé sous ce rouleau compresseur. (Snape a ouvert un tiroir pour en sortir un classeur aussi épais que l'annuaire téléphonique de la ville de Londres.) Voici le dossier de Lenny Smile. Par où voulez-vous que je commence ?

— Pourquoi pas le début ? ai-je suggéré.

— Très bien. Lenny Smile a fondé une œuvre de charité appelée Dream Time. Il employait deux assistants : Rodney Hoover, originaire d'Ukraine, et Fiona Lee, une pure Londonienne de Sloane Square. Nous avons enquêté sur eux et, apparemment, ils sont nets. Mais Smile, c'est une autre histoire. Tout l'argent de Dream Time transitait par son compte bancaire personnel. Il était responsable financier. Et la moitié de l'argent qui entrait ne ressortait pas.

— Vous voulez dire qu'il... le volait ?

— Exactement. Des millions de livres destinés aux enfants déshérités atterrissaient dans ses poches. Et quand il dépensait vraiment l'argent pour les enfants, il choisissait des produits bas de gamme. Il fournissait aux hôpitaux des appareils de radiographie bon marché qui ne radiographiaient qu'à moitié. Aux écoles, il livrait de mauvais livres bourrés de fautes d'impression. Il envoyait les enfants en voyages d'aventures.

— Qu'y a-t-il de mal à ça ?

— C'était en Afghanistan ! La moitié des enfants n'est pas encore revenue ! Il fournissait des cachets contre la migraine qui donnaient la migraine, et des rations alimentaires vraiment très rationnées. Vous pouvez me croire, Lenny Smile était si tordu que, en comparaison, une soirée avec Jack l'Éventreur semblait une partie de plaisir ! Et j'étais à ça de l'arrêter. (Snape a rapproché son index de son pouce, ne laissant qu'un millimètre d'écart.) J'avais posté un policier devant chez lui pour le surveiller en permanence. Nous étions sur le point de l'arrêter quand il s'est fait tuer.

— Supposez qu'il ne soit pas mort, ai-je suggéré.

— Il y avait trop de témoins, a répondu Snape en secouant la tête. Sa voisine, Mrs. Joly, l'a vu quitter son appartement. Rodney Hoover et Fiona Lee étaient avec lui. Il y avait aussi Barry Krishner, le conducteur. Et Boris...

— Pas si vite, monsieur l'inspecteur-chef, l'ai-je interrompu. Mrs. Joly n'a rien vu, en réalité. Barry Krishner a perdu la raison. Boris a été assassiné. Et je ne jurerais pas qu'on puisse se fier à Rodney Hoover et Fiona Lee. Au fait, je me souviens que Mrs. Joly a dit avoir vu quelqu'un qui posait des questions sur le vendeur de ballons. Je pensais qu'elle parlait de vous. De la police. Mais je me demande maintenant si ce n'était pas quelqu'un d'autre. Le véritable meurtrier, par exemple ! (Snape m'a dévisagé. J'ai poursuivi :) À mon avis, Boris a vu ce qui s'est réellement passé. C'est pour ça qu'on l'a tué.

— Qui on ?

— Lenny Smile !

Il y a eu un long silence. Snape avait l'air sceptique. Boyle avait l'air... l'air qu'il a d'habitude.

— Explique-toi, a dit enfin Snape.

— C'est assez logique. Lenny Smile savait que vous l'aviez à l'œil. Vous dites qu'un de vos hommes surveillait son appartement ?

— Oui. Henderson. Il a disparu.

— Depuis quand ?

— Une semaine avant l'accident du rouleau compresseur...

— Ce n'était pas un accident ! Vous ne comprenez donc pas ? Smile se savait acculé. Vous resserriez vos filets autour de lui. Et Joe Carter allait débarquer. Carter voulait savoir ce qu'étaient devenus les millions qu'il avait versés à Dream Time. Donc Smile devait disparaître. Il s'est fait passer pour mort et maintenant il se balade dans Londres. Nous l'avons aperçu. Deux fois !

Snape s'est redressé.

— Où ?

— Au cirque. Dans la foule. Une minute avant que Boris se fasse tuer. Et au cimetière. Pas dans une tombe, mais dans une allée ! Je l'ai suivi et il s'est enfui.

— Comment peux-tu affirmer que c'était Lenny Smile ? a demandé Snape.

— Je ne peux pas. Je n'en ai pas la preuve. Mais j'ai vu une photo de lui et c'était le même homme.

— On ne sait pas grand-chose de Smile, a admis Snape. Henderson surveillait son appartement, mais il ne l'a vu qu'une fois. Nous connaissons sa date de naissance et sa date de décès. C'est à peu près tout...

— Il n'est pas mort. Vous devez me croire. Ouvrez son cercueil et vous découvririez probablement qu'il est vide.

Snape a regardé Boyle, puis s'est tourné de nouveau vers moi.

— D'accord, Diamant, a-t-il dit lentement. Nous allons jouer le coup à ta façon. Mais si tu nous fais perdre notre temps... c'est toi qu'on enterrera !

— Je ne risque rien. Lenny Smile n'est pas mort.

— C'est ce qu'on va voir.

Vous pouvez me croire. S'il y a un endroit au monde où l'on n'a pas envie de déambuler un soir de novembre à minuit, c'est un cimetière. Le sol était si gelé que je sentais le froid remonter à mes genoux, et, à chaque respiration, l'air glacé pénétrait jusque dans mon cerveau. Il y avait nous quatre – Snape, Boyle, Tim et moi –, une demi-douzaine de policiers et de terrassiers, dont deux creusaient le sol avec une pelle mécanique qui mordait la terre en couinant et en gémissant. Tim aussi couinait et gémissait. Je pense qu'il aurait préféré se trouver sous sa couette.

Mais ce n'était pas seulement la température qui me glaçait les os. La scène semblait tout droit sortie d'un film de *Frankenstein*. Vous savez, celui où le domestique hongrois difforme doit voler un cerveau humain dans la tombe. Boyle et lui présentent certaines ressemblances physiques. J'ai dû faire un effort pour me rappeler que, deux jours plus tôt, je profitais allègrement de mes petites vacances et que, le lendemain, je serais de retour au collège, à m'amuser comme un petit fou en cours de français et de géographie. En attendant, j'avais plongé en plein film d'horreur et je me demandais ce que me réservait la dernière bobine.

La pelleteuse grignotait le sol. Peu à peu, le trou s'est creusé. Il y a eu un bruit – le choc du métal contre le bois – et les deux terrassiers ont sauté dans la fosse pour dégager le reste de terre avec des pelles. Snape s'est approché.

Je n'ai pas regardé quand ils ont ouvert le cercueil. N'oubliez pas que je n'avais que quatorze ans, et si on avait tourné un film sur le sujet je n'aurais été autorisé à le voir.

— Boyle ! a marmonné Snape.

Son adjoint est descendu dans le trou. Il y a eu un silence. Puis...

— Chef !

Boyle tenait quelque chose à la main. C'était bleu foncé, un peu en forme de cloche mais mince comme du papier. Un disque argent était écrasé au milieu. Il m'a fallu plusieurs secondes pour saisir de quoi il s'agissait. Puis j'ai compris. C'était un casque de policier. Totalement aplati.

— Henderson, a murmuré Snape.

Henderson. L'agent de police chargé de surveiller l'appartement de Lenny Smile qui avait disparu une semaine avant l'accident.

Maintenant on savait ce qu'il lui était arrivé.

— Tu as compris, Tim ? C'est Henderson qui a été tué. Pas Lenny Smile !

Nous étions de retour dans notre appartement de Camden. Après des heures passées dans le cimetière, nous étions trop gelés pour nous mettre au lit. J'ai préparé du chocolat chaud tandis que Tim enfilait deux pyjamas, deux peignoirs, et se collait une bouillotte sur la poitrine.

— Oui, mais qui l'a tué ?

— Lenny Smile !

— Que fais-tu de Rodney Hoover et de Fiona Lee ? Ils étaient là quand c'est arrivé.

Pour une fois, Tim avait raison. Rodney Hoover et Fiona Lee faisaient forcément partie de la machination. D'ailleurs, Snape comptait bien les arrêter. L'homme qu'ils avaient aidé à descendre l'escalier était sans doute Henderson. J'avais eu raison sur ce point. On l'avait drogué, fait sortir de l'immeuble, et jeté sur la chaussée juste au moment où Barry Krishner, au volant de son rouleau compresseur, arrivait à vive allure, impatient de rentrer chez lui...

Pourtant ce ne serait pas facile à prouver. Il n'y avait pas de témoins. Et tant qu'on ne retrouverait pas Smile, il était difficile de savoir de quoi il était capable. Je me suis soudain rendu compte de son extrême habileté. L'homme sans visage ? Il était beaucoup plus que cela. Il avait fondé et dirigé Dream Time, détourné des sommes colossales, et réussi à rester quasiment invisible.

— Personne ne le connaissait.

— Qui ? a demandé Tim.

— Smile. Mrs. Joly ne lui a jamais parlé. Joe Carter a seulement correspondu avec lui par lettre et par courriel. Quand nous sommes allés dans son appartement, on aurait dit que personne n'y avait jamais réellement habité. Même Rodney Hoover et Fiona Lee n'ont rien pu nous apprendre à son sujet.

Tim a hoché la tête. J'ai étouffé un bâillement. Il était deux heures du matin, largement l'heure de dormir. Dans cinq heures et demie, je devrais me lever pour aller en classe. La journée s'annonçait longue.

— Tim, tu devras aller au Ritz, demain.

— Pourquoi ?

— Pour parler à Joe Carter de son soi-disant meilleur ami.

— Ça ne va pas être simple, a soupiré mon frère. Il se faisait une telle idée de Lenny Smile, alors que, en fait, c'était un homme totalement différent !

J'ai terminé ma tasse de chocolat chaud et je me suis levé. Puis, tout à coup, j'ai eu comme un éclair.

— Qu'est-ce que tu viens de dire, Tim ?

— J'ai oublié. Tim était tellement épuisé qu'il oubliait ce qu'il disait au moment même où il le disait.

— Un autre homme ! Mais oui, c'est exactement ça ! Bien sûr !

Les indices ne manquaient pas. La note dans le cimetière. Mrs. Joly et la carte d'anniversaire envoyée par Smile. La pierre tombale. La photo de Lenny Smile devant le *Café Debussy*. Et Snape...

« Nous connaissons sa date de naissance... »

Mais c'était seulement maintenant, alors que j'étais trop fatigué pour bouger, que tout se mettait en place dans ma tête. La vérité. Entière et totale.

Le lendemain matin, je ne suis pas allé en classe. J'ai passé deux coups de téléphone, puis, plus tard, juste après dix heures, Tim et moi sommes partis pour l'épreuve de force.

Il était temps de rencontrer Lenny Smile.

5

La grande roue

Le métro est direct de Camden Town à Waterloo par la ligne nord. Heureusement. Je n'avais dormi que cinq heures et ma fatigue était telle que le monde entier semblait miroiter et se mouvoir au ralenti. Tim ne valait pas mieux. Il faisait un horrible cauchemar où il se voyait enterré, vivant et debout, dans la tombe de Lenny Smile. Il s'est réveillé en poussant un cri. Ce qui n'était pas vraiment surprenant : il s'était endormi dans l'escalator de la station de métro.

Mais en arrivant à destination, nous avions commencé à nous animer un peu. Le temps avait empiré. La pluie tombait à verse, délayant les couleurs de la ville. Laissant la station de Waterloo derrière nous, nous nous dirigions vers South Bank, la rive sud de la Tamise, un secteur qui a du mal à paraître attrayant même par grand soleil. C'est là que se trouve le National Theater et le National Film Theater, l'un et l'autre dessinés par des architectes à grand renfort de plaques de béton préfabriqué. Il y avait peu de piétons dans les parages. Juste quelques banlieusards venant travailler, armés de parapluies que le vent s'acharnait à retourner. Tim et moi pressions le pas sans un mot. La pluie s'abattait, frappait le sol et rebondissait, nous douchant deux fois.

J'avais téléphoné juste après le petit déjeuner.

« Mrs. Lee ?

— Oui. Qui êtes-vous ? »

Sa façon de détacher les syllabes était très reconnaissable.

« Nick Diamant. Vous vous souvenez de moi ? »

Un silence.

« Je voudrais voir Lenny Smile. »

Un silence encore plus long. Puis :

« C'est impossible. Lenny Smile est décédé.

— Vous mentez. Vous savez où il est. Nous voulons vous voir tous les trois. Hoover, Smile et vous. Onze heures au London Eye. Si vous ne voulez pas que je prévienne la police, vous feriez bien d'être au rendez-vous. »

Peut-être avez-vous vu ou entendu parler du London Eye, l'œil de Londres, la gigantesque grande roue qui se dresse devant le County Hall. C'est l'une des grandes surprises du Londres moderne. Contrairement au Millenium Dome, la grande roue a été un succès. Elle a ouvert à la date prévue. Elle fonctionnait. Elle ne s'est pas effondrée. Du coup, à la fin du millénaire, ils ont décidé de la conserver et elle est devenue partie intégrante de la ville – un étincelant cercle argenté, à la fois immense et fragile. Tim m'y avait emmené pour mon quatorzième anniversaire et la vue nous avait tellement plu que nous y étions retournés.

Mais, ce matin-là, nous n'allions sûrement pas voir grand-chose. Le ciel était si bas que les nacelles disparaissaient dans les nuages. Sur l'autre rive de la Tamise, on apercevait les Maisons du Parlement et, dans la brume, au loin, la cathédrale St. Paul. C'était à peu près tout. S'il y avait une journée dans l'année où il valait mieux s'abstenir de dépenser dix livres pour faire un tour de grande roue, c'était bien celle-là. Ce qui expliquait pourquoi il n'y avait pas la queue, juste Fiona Lee et Rodney Hoover, enveloppés dans des imperméables, qui nous attendaient.

Aucune trace de Lenny Smile. Mais ça n'avait rien d'étonnant. Je savais qu'il ne se montrerait pas.

— Pourquoi nous avoir téléphoné ? a attaqué Hoover d'emblée. D'abord c'est la police, qui nous accuse de choses horribles. Ensuite c'est vous, qui demandez à voir Lenny. Nous ne savons pas où est Lenny ! À notre connaissance, il est mort...

— Si nous allions discuter à couvert ? ai-je suggéré. Pourquoi pas dans la grande roue ?

L'idée semblait bonne. La pluie tombait à seaux et il n'y avait aucun autre abri.

Nous avons donc acheté des tickets et grimpé dans la première nacelle qui se présentait. Inutile de préciser que nous étions les quatre uniques passagers du manège. Les portes se sont refermées et, lentement, si lentement qu'on n'avait même pas conscience de bouger, nous nous sommes élevés dans le ciel et dans la pluie battante.

Nous restions silencieux, personne ne sachant vraiment quoi dire. Puis Fiona Lee a rompu le silence.

— Nous avons déjà tout expliqué à cet affreux petit policier... l'inspecteur-chef Snape. Lenny était avec nous ce soir-là. Il a été écrasé par le rouleau compresseur. Et il est enterré au cimetière de Brompton.

— Non, il ne l'est pas, ai-je objecté. Lenny Smile est ici, en ce moment même. Sur la grande roue. Dans cette nacelle.

— Ah bon ? (Tim a regardé sous son siège.) Je ne le vois pas !

— C'est parce que tu n'observes pas au bon endroit, Tim. Toute l'astuce est là. Tu l'as dit toi-même hier soir. Tout le monde pensait que Lenny Smile était une certaine personne, alors qu'en réalité il en était une autre.

— Tout ça est bien confus, a dit Hoover.

Son visage, déjà sombre de nature, s'était encore assombri. Il me jetait des regards nerveux.

— J'aurais dû deviner dès le début qu'il y avait quelque chose de bizarre chez ce Lenny Smile. Rien ne collait. Personne, excepté vous deux, ne l'avait jamais vu. Et tout ce qui le concernait était faux.

— Tu veux dire que... son nom n'était pas Lenny Smile, Nick ? a demandé mon frère.

— Lenny Smile n'a jamais existé, Tim ! C'était un personnage imaginaire. J'aurais dû m'en apercevoir en lisant les dates sur la pierre tombale. Il est écrit que Lenny Smile est né le 31 avril

1955. Premier mensonge ! Le 31 avril n'existe pas. Le mois d'avril ne compte que trente jours.

— Une simple erreur, a marmonné Fiona Lee.

— Admettons. Mais, ensuite, il y a eu la photo que Carter nous a montrée, où l'on voit « Lenny » debout devant le *Café Debussy*. Vous nous avez dit qu'il était allergique à toutes sortes de choses, notamment les animaux. Pourtant, sur la photo, on voit un chat assis entre ses pieds, et ça ne semble pas le déranger. L'histoire de l'allergie était une invention, elle aussi. Mais une invention très habile. Car elle expliquait pourquoi on ne voyait jamais Lenny. Il était censé rester enfermé à cause de sa maladie...

Centimètre par centimètre, la grande roue nous éloignait du sol. La pluie crépitait sur les vitres. On distinguait à peine les immeubles sur la rive nord de la Tamise. Les rafales de pluie fouettaient Big Ben.

Tim était bouche bée.

— Il n'y avait donc pas de Lenny Smile !

— Eh non, Tim, pas de Lenny Smile. Seulement Hoover qui jouait son rôle. Tu saisis ? Hoover louait l'appartement sans jamais y habiter. Il y faisait parfois quelques apparitions pour faire croire que quelqu'un y vivait. Et, bien entendu, c'est Hoover qui a envoyé une carte d'anniversaire à Mrs. Joly.

— Comment le sais-tu ?

— La carte était écrite à l'encre verte. Le message de la gerbe de fleurs, sur la tombe de Smile, était aussi à l'encre verte, et de la même écriture. J'aurais dû comprendre dès le début. C'est Hoover que nous avons aperçu au cirque. Hoover encore qui se trouvait au cimetière de Brompton quand nous sommes allés voir la tombe de Smile. J'aurais dû m'en douter dès le jour où nous l'avons rencontré, au bureau de Dream Time.

— Pourquoi ?

— Parce que Hoover ne nous connaissait pas, et pourtant il savait que nous étions allés au cimetière. Tu te souviens de ce qu'il nous a dit ? « Vous savez parfaitement qu'il est enterré au cimetière de Brompton. » Ce sont ses paroles exactes. Mais il savait que nous savions parce qu'il savait qui nous étions, et il savait qui nous étions parce qu'il nous avait vus !

Tim s'est gratté la tête.

— Tu pourrais répéter ça plus lentement, s'il te plaît ?

Fiona Lee m'a jeté un regard dédaigneux.

— C'est un tissu d'âneries ! Pourquoi Rodney et moi aurions-nous inventé Lenny Smile ?

— Pour voler des millions de livres sterling à Dream Time. Vous saviez que la police finirait par enquêter. Et il y avait toujours le risque qu'un bienfaiteur, un homme comme Joe Carter, arrive d'Amérique pour demander des comptes. Vous étiez les cerveaux derrière l'œuvre de charité. Mais il vous fallait quelqu'un pour endosser les responsabilités et disparaître. C'était Lenny Smile. Henderson, le policier, a sans doute découvert ce qui se tramait. Donc lui aussi devait mourir. Et c'était ça l'idée de génie. Vous avez transformé Henderson en Lenny Smile. Il est passé sous le rouleau compresseur. Pour vous, l'affaire était classée. Smile mort, l'enquête prenait fin.

La nacelle continuait son ascension. Les rares piétons qui marchaient sur la rive sud n'étaient plus que des points.

— Mais, à présent, la police pense que Lenny Smile est en vie, ai-je poursuivi. Ce qui explique que vous ne soyez pas en prison. Ils le recherchent. Ils n'ont aucune preuve contre vous. Donc, pour l'instant, vous êtres tranquilles !

Hoover m'avait écouté en silence. Maintenant il souriait. Ses lèvres minces étaient retroussées sur ses dents.

— Tu as tout compris. Fiona et moi sommes de simples pions. Autant dire rien du tout. Nous ne faisions que travailler pour Lenny Smile. L'escroc, c'était lui. Il n'existe aucune preuve.

— Alors... Hoover s'habillait comme Lenny Smile... ? Tim essayait encore de comprendre.

— Une seule fois, ai-je acquiescé. Pour la photo réclamée par Joe Carter. Mais il portait le même manteau et le même chapeau quand nous l'avons aperçu. C'est pour ça que je l'ai pris pour Lenny Smile. Les deux fois, il était trop loin pour qu'on distingue ses traits. Et, bien entendu, sur la photo, le visage était volontairement flou. Au fait, Rodney, il y a une chose que j'aimerais savoir. Que faisiez-vous dans le cimetière ?

Hoover a haussé les épaules.

— Je m'étais aperçu qu'un crétin de marbrier s'était trompé en gravant la date sur la pierre tombale. Je voulais faire rectifier l'erreur. Quand je vous ai aperçus dans l'allée, toi et ton frère, j'ai compris qu'il se passait quelque chose d'anormal. Je dois avouer que j'ai cédé à la panique. Je me suis enfui.

— Et le cirque ?

— Mrs. Joly nous a raconté qu'il y avait eu un témoin, la nuit de l'accident. Je devais absolument l'empêcher de parler.

— Quelle importance, s'il avait parlé ? s'est exclamé Tim. Il était russe. Personne n'aurait compris !

— Je ne tenais pas à courir de risques, a dit Rodney, tout en glissant la main dans sa poche de manteau.

Pourquoi n'ai-je pas été surpris, quand sa main est sortie, de voir qu'il tenait un revolver ?

— Il a un revolver ! a couiné mon frère.

— Bien vu, Tim.

— Tu es très malin, a repris Rodney Hoover en me regardant, mais tu n'as pas pensé à tout.

Il a jeté un coup d'œil vers la fenêtre de la nacelle. Nous avions atteint le sommet du cercle. La roue ne pouvait aller plus haut. Soudain, Hoover a fait feu. La vitre a volé en éclats. Tim a fait un bond. La pluie s'est engouffrée dans la cabine.

— Un regrettable accident ! a crié Hoover pour couvrir le bruit de la pluie. La porte a mal fonctionné. Quelque chose s'est cassé. Toi et ton frère êtes tombés dans le vide.

— Mais non, nous ne sommes pas tombés ! a gémi Tim.

— De toute façon, le temps qu'ils finissent d'essuyer vos restes sur le ciment, Fiona et moi aurons disparu dans la nature. L'argent nous attend dans une jolie petite banque au Brésil. Nous irons nous installer là-bas. Une maison à Rio de Janeiro. Le luxe...

— Cet argent était destiné à des enfants malades ! Vous ne ressentez donc aucune honte ?

— Désolé, la honte n'est pas dans mes moyens ! (Hoover a fait un geste avec son revolver en direction de la porte fracassée et de la pluie.) Alors ! Lequel de vous deux saute le premier ?

— Lui ! s'est écrié Tim en me montrant du doigt.

— Non, pas question. Je me suis tourné vers Hoover. Ça ne marchera pas, Hoover. Jetez un coup d'œil dans la nacelle suivante.

Hoover a plissé les yeux. Fiona Lee s'est approchée de la fenêtre. Il y avait une vingtaine de personnes dans la cabine qui se trouvait derrière nous sur la grande roue. Toutes en uniforme bleu.

— C'est plein de policiers ! s'est exclamée Fiona Lee. (Elle est allée à l'autre fenêtre.) Et la suivante aussi !

— Ce doit être leur jour de sortie, a commenté Tim.

— Laisse tomber, Tim. C'était mon tour de sourire. Vous vous êtes fait avoir, Hoover. Chaque parole que vous avez prononcée a été enregistrée. La cabine est truffée de micros. À cette heure-ci, votre confession est sur bande. Dès la fin de ce tour, vous en ferez un autre... En prison !

Fiona Lee s'était mise à trembler. Hoover avait un œil qui tressautait nerveusement. Sa main s'est crispée sur le revolver.

— Je vais peut-être vous abattre quand même. Juste pour le plaisir...

C'est alors qu'est apparu l'hélicoptère. Un hélicoptère bleu foncé de la police, qui a surgi des nuages pour rester en suspens à quelques mètres de la nacelle. Ses pales fracassaient la pluie. Sur le siège du passager, j'ai reconnu Snape. Boyle se tenait à l'arrière, vêtu d'un gilet pare-balles et armé d'un fusil automatique. J'espérais seulement qu'il le pointait sur Hoover et non sur Tim. Pour me faire entendre, je devais hurler.

— Pourquoi la police vous a-t-elle relâchés, à votre avis ? J'ai appelé Snape ce matin pour lui dire ce que j'avais découvert et il m'a demandé d'arranger une rencontre avec vous. Vous êtes tombés dans le piège. Il savait que vous vous sentiriez à l'abri dans les airs. Il voulait vos aveux.

Une seconde plus tard, on a entendu un grésillement et la voix de Snape, amplifiée, qui parlait depuis l'hélicoptère.

— Posez votre arme, Hoover ! La cabine est cernée !

Hoover a poussé un juron en ukrainien et, avant que j'aie pu l'en empêcher, il a pivoté et tiré sur l'hélicoptère.

Je me suis jeté sur Hoover.

Il a fait feu une seconde fois. Sa balle a atteint Fiona Lee à l'épaule. Elle a poussé un cri et s'est écroulée à genoux.

Sous mon élan, mes mains autour de sa gorge, Hoover a percuté la fenêtre. Qui a tenu bon. J'ai entendu le choc sourd de la paroi blindée contre le crâne non blindé. Ses yeux se sont voilés et il s'est affaissé sur le sol.

J'ai jeté un coup d'œil à mon frère.

— Ça va, Tim ?

— Très bien ! Regarde, on aperçoit Trafalgar Square !

Il nous a fallu quinze minutes pour rejoindre la terre ferme. Aussitôt, une meute de policiers en uniforme nous a encerclés. Ils ont embarqué Hoover et Fiona Lee. Les deux escrocs feraient un court séjour à l'hôpital avant de gagner la prison. On ne voyait nulle part l'hélicoptère transportant Snape et Boyle. Avec un peu de chance, une grosse bourrasque de vent les aurait emportés hors de Londres. Peut-être même jusqu'en Essex. L'ennui, avec ces deux-là, c'est qu'on avait beau les aider à faire leur travail, jamais ils ne nous remerciaient. Et j'aurais probablement une heure de colle pour avoir manqué un jour de classe sans permission.

— Allons faire un tour au Ritz, Tim.

— Pour boire un thé ?

— Non. Pour voir Joe Carter....

L'Américain attendait encore des nouvelles de son cher ami Lenny Smile. Je n'étais pas pressé de lui annoncer la mauvaise nouvelle. Peut-être laisserais-je cette corvée à Tim. Après tout, mon frère était le tact personnifié.

Il avait cessé de pleuvoir. Tim et moi marchions le long de South Bank, laissant la grande roue derrière nous. Devant, des ouvriers travaillaient. Ils étendaient une épaisse couche de goudron noir sur la chaussée. Avant le passage du rouleau compresseur.

— Attention, Tim.

— À quoi ?

À côté, sur le trottoir, un clochard faisait la manche en jouant une musique aigrelette sur un étrange instrument – une cithare, je crois. J'ai déniché une pièce dans le fond de ma poche et l'ai lancée dans son chapeau retourné. La charité. C'est par cela que tout avait commencé.

Nous avons traversé la Tamise, accompagnés par le son de la cithare qui s'estompait peu à peu au loin.

NOËL À LA GRECQUE

1

Les morsures de décembre

J'ai compris que nous allions passer un Noël infect quand le gérant du magasin d'articles d'occasion d'une œuvre de bienfaisance est sorti en courant pour me donner l'aumône. Apparemment, tout Camden Town savait que j'étais fauché. Mêmes les dindes se moquaient de moi. Le dernier jour du trimestre, les profs avaient fait une collecte à mon intention. Cela montre leur grandeur d'âme quand on sait que, d'habitude, je collecte plutôt les mauvaises notes. On fêterait Noël dans dix jours et je n'avais en poche qu'un chèque-livre d'une valeur de dix livres (sterling) que mes parents m'avaient envoyé d'Australie. J'avais tenté de l'échanger contre de l'argent frais dans une librairie du quartier, mais la patronne, une femme d'une quarantaine d'années au visage étroit, avait sèchement refusé.

— J'ai besoin de manger, lui ai-je expliqué.

— Choisis un guide de cuisine.

— Je n'ai pas les moyens d'acheter les ingrédients !

— Désolée. Avec un chèque-livre tu as seulement droit à un livre.

— Pourquoi acheter un livre si je suis trop faible pour le lire ?

Elle a esquissé un sourire triste.

— Tu as essayé Philip Pullman ?

— Non. Vous croyez qu'il me prêterait de l'argent ?

J'étais consterné que mes parents m'aient posté un chèque-livre pour Noël. Ils ne comprenaient décidément rien à rien. Mon père avait émigré en Australie quelques années plus tôt – représentant de commerce, il vendait des portes au porte-à-porte – et je suppose que ses affaires allaient mieux car il avait fait imprimer une carte de vœux personnalisée. « *Que cette année nouvelle vous ap-PORTE bonheur et santé* », lisait-on au recto, sous le dessin d'un kangourou coiffé d'un chapeau rouge regardant par une porte entrouverte. Je riais encore en la déchirant en menus morceaux. Mes parents avaient désormais deux autres enfants : Dora et Doreen. Deux sœurs que je n'avais jamais vues. Parfois, cela me rendait triste. Elles avaient à peine deux ans et probablement plus d'argent de poche que moi.

Je songeais encore à l'Australie en quittant la librairie. Mes parents avaient voulu m'y emmener avec eux, et peut-être avais-je commis une erreur en m'échappant discrètement de l'avion juste avant le décollage. Tandis que l'appareil filait sur la piste, je filais en douce vers les taxis. Ils ne s'étaient aperçus de mon absence qu'une fois au-dessus de la France, à 35 000 pieds d'altitude. Maman avait paraît-il piqué une crise d'hystérie, et papa un petit somme.

Je ne suis toujours pas certain d'avoir pris la bonne décision. On dit que Londres est un village et je suis ravi d'y vivre. L'ennui, c'est que j'habite avec l'idiot du village. Je parle bien sûr de mon frère aîné, Herbert Timothy Simple, qui se fait appeler Tim Diamant – Détective Privé. C'est en tout cas ce qu'on lit dans les Pages Jaunes, avec cette devise : *Un problème ? Pas de problème !* Il a écrit ça tout seul.

Tim était le pire des détectives privés d'Angleterre. Il venait de passer deux semaines dans un grand magasin de l'ouest de Londres, où il était supposé ouvrir l'œil pour repérer les voleurs à l'étalage, mais il ne devait pas ouvrir le bon car quelqu'un avait réussi à voler l'étalage. Ensuite, les choses s'étaient dégradées. Le magasin comptait vingt-trois rayons à l'arrivée de Tim, et seulement seize à son départ. Car, bien entendu, il avait été renvoyé. Les mannequins dans les vitrines avaient probablement un Q.I. plus élevé que le sien. Tim avait de la chance de m'avoir. Je résolvais les enquêtes, il en tirait toute la gloire. C'est ainsi que ça fonctionnait. Si vous avez lu mes autres aventures, vous savez de quoi je parle. Si vous ne les avez pas lues, allez vite acheter les livres. Si ça vous tente, je vends aussi un chèque-livre d'une valeur de dix livres (sterling) pour le prix de neuf (livres sterling).

Bref. Tim était donc au chômage. Et décembre était arrivé comme un chien méchant, aboyant à tous les passants dans la rue et les faisant fuir chez eux. Comme d'habitude, il n'allait pas neiger. Mais les canalisations étaient gelées, les flaques avaient gelé, et on voyait se dessiner le souffle des gens devant leur bouche.

Quand je suis rentré à la maison, la radio jouait un cantique de Noël. Tim était assis à son bureau, emmitouflé dans une couverture, et s'échinait à ouvrir une boîte de sardines qui avait dépassé la date de péremption depuis si longtemps qu'il aurait fait une meilleure affaire en la vendant comme antiquité.

Je me suis jeté dans un fauteuil et j'ai demandé machinalement :

— Quoi de neuf ? Je suppose que personne ne t'a offert du travail ?

— Je n'y comprends rien, Nick. Il y a forcément quelqu'un, quelque part, qui a besoin d'un détective privé ! Alors pourquoi personne ne m'embauche ?

— Peut-être parce que tu es mauvais.

— Peut-être que tu as raison.

— Il y a des chiens policiers qui ont résolu plus de crimes que toi.

— C'est vrai, a admis Tim. Mais moi, au moins, je n'ai pas de puces.

Je me suis levé pour aller éteindre la radio. Tim avait réussi à ouvrir la boîte de conserve et une odeur de sardines de vingt-sept ans d'âge a soudain envahi la pièce. Au même instant, quelqu'un a frappé à la porte. J'ai regardé Tim. Tim m'a regardé. Nous avions un client, et nous avions aussi une pièce qui ressemblait à une décharge et dégageait la même puanteur que la Tamise pendant la Grande Peste de Londres.

— Une minute ! a crié Tim.

Pendant cette unique minute, nous avons

couru dans tous les sens comme deux figurants dans une pub en accéléré pour Chronopost. Des papiers ont volé dans les tiroirs, des assiettes dans la cuisine, les sardines dans la poubelle, et la poubelle par la fenêtre. Soixante secondes plus tard, le bureau ressemblait davantage à un bureau, et Tim trônait derrière sa table, la cravate à peu près droite et le sourire de travers. J'ai jeté un dernier coup d'œil d'ensemble, puis j'ai ouvert la porte.

Un homme est entré. Dans les quarante ans, petit et gros, fumant un cigare – lui aussi petit et gros. L'homme portait un vilain costume, si criard qu'on aurait presque pu l'entendre arriver. Il avait des cheveux noirs graisseux, des lèvres épaisses, et des yeux qui auraient été beaux s'ils avaient été identiques. Ses chaussures brillaient tellement qu'on aurait pu se mirer dedans. Mais avec un visage comme le sien, mieux valait s'abstenir. Il portait une chevalière en or. La bague lui comprimait tellement le doigt qu'il ne pourrait sans doute jamais l'enlever.

— Vous faites toujours attendre vos clients dehors ? a-t-il demandé en prenant une chaise.

— On faisait du classement, a expliqué Tim.

— Je ne vois pas de classeurs de rangement.

Il avait un accent américain. Pourtant il n'était

pas américain. Il voulait seulement nous le faire croire.

— C'est parce qu'ils sont très bien rangés, ai-je répondu.

L'homme s'est tourné vers Tim.

— Vous êtes Tim Diamant ?

— Ouais. En personne. (Tim a plissé les yeux. Il le fait toujours quand il essaie de paraître sérieux. Malheureusement, ça lui donne surtout l'air bigleux.) Je suis détective privé.

— Je sais. C'est pour cela que je suis ici. Mon nom est Jake Hammill. Je veux vous engager.

— Vous voulez m'engager ? (Tim n'en croyait pas ses oreilles. Il s'est penché en avant.) Parfait, Mr. Camel. Que puis-je pour vous ?

— Non. Pas Jay Camel. Jake Hammill. Vous voulez que je vous l'épelle ?

— N-O-N, a répondu Tim.

— Je travaille dans le showbiz. En fait, je suis le manager d'une très célèbre chanteuse pop.

Tim s'est renfrogné.

— Si elle est si célèbre, pourquoi n'ai-je pas entendu parler d'elle ?

— Je ne vous ai pas encore dit son nom.

— Ça nous aiderait peut-être si vous nous le disiez, ai-je observé.

Hammill m'a jeté un regard. Visiblement soupçonneux. Puis il s'est de nouveau tourné vers Tim pour demander :

— Vous pouvez garder un secret ?

— Je ne vous le dirai pas, a répondu mon frère.

— Parfait. Il s'agit de Minerva.

Je dois l'admettre, j'ai été surpris. Hammill ne payait pas de mine, et pourtant Minerva était l'une des plus grandes stars de la musique pop. Chanteuse multimillionnaire, mais aussi actrice de cinéma. Il n'existait probablement pas une seule personne au monde qui n'ait vu au moins un de ses clips. C'était la femme à la voix d'or et aux seins en plaqué argent. Ses vêtements étaient extravagants... comme tout son mode de vie. Elle était née en Grèce mais vivait principalement à New York, et sa venue à Londres avait fait la une de tous les journaux, même du très sérieux *Financial Times*.

— J'ai un gros problème, a repris Hammill en faisant tourner sa chevalière autour de son doigt comme s'il cherchait à l'enlever. Mais le seul moyen d'ôter cette bague était l'opération chirurgicale. Je vais vous expliquer. Minerva a été invitée ici pour Noël. Demain, elle donne le coup d'envoi des illuminations de Noël dans Regent's Street. Mercredi midi, elle inaugure la grotte du Père Noël dans le grand magasin Harrod's, à

Knightbridge. Toute la presse et les télévisions seront là. Il y a tout un battage publicitaire autour de l'événement. C'est d'ailleurs tout le problème. (Il a pris sa respiration avant d'ajouter :) Je pense que Minerva court un danger.

— D'où vous vient cette idée ? ai-je demandé.

— Eh bien, hier, elle a reçu une lettre anonyme.

— Une lettre anonyme ! s'est exclamé Tim. De qui ?

Hammill a plissé les yeux.

— Je ne sais pas, puisqu'elle est anonyme. Mais elle contenait des menaces de mort.

— Où est cette lettre, Mr. Habil ? a questionné Tim.

— C'est Minerva qui l'a. Elle lui était adressée. J'aimerais que vous veniez à l'hôtel. Je vous la présenterai.

— La lettre ?

— Non, Minerva. Qui vous montrera la lettre. (Hammill s'est penché en avant. Le doute se lisait sur son visage.) Je vais être franc, Mr. Diamant. J'ai besoin d'être certain que vous êtes l'homme de la situation. Je voulais prévenir la police mais le mari de Minerva a jugé préférable d'engager un détective privé. Et, si j'ai bien compris, vous faites de la pub dans les Pages Jaunes.

— Oui, ai-je marmonné. Ça va avec la couleur de ses dents.

— J'en déduis que vous êtes en bonne forme physique.

Tim, l'air ébahi, a murmuré :

— Je ne suis pas malade.

Hammill a roulé des yeux. J'ai peut-être rêvé, mais j'aurais juré qu'ils roulaient dans deux sens opposés.

— Je ne vous demande pas votre état de santé, Mr. Diamant. Mais j'ai besoin d'un homme qui veille de près sur Minerva pendant son séjour à Londres. Ce qui implique d'être éventuellement mêlé à des bagarres. Vous connaissez le judo ou le karaté ?

— Bien sûr, je connais ! s'est exclamé Tim. Le judo, le karaté, l'origami ! Quand voulez-vous que je commence, Mr. Rable ?

Il était évident que Hammill hésitait et voulait y réfléchir à deux fois – et même à trois ou quatre fois. Il s'est mordillé l'ongle pendant un moment. Peut-être avait-il l'intention de se manger le doigt jusqu'à sa chevalière en or. Enfin, il a abouti à une décision.

— Très bien, Mr. Diamant. Minerva réside à l'hôtel Porchester, qui se trouve dans Hyde Park. C'est une information ultra-confidentielle.

— Comment ? ! s'est écrié Tim. Tout le

monde sait que le Porchester est dans Hyde Park.

— Sans doute. Mais tout le monde ignore que Minerva y est descendue. Sinon l'hôtel serait cerné par ses fans.

— Elle n'aime pas signer des autographes ?

— Minerva aime son intimité. Elle est enregistrée à l'hôtel sous le nom de Mrs. Smith. Venez la voir ce soir. Disons à dix-neuf heures.

— Dix-neuf heures, a docilement répété Tim.

— Oui. Je vous présenterai et, si Minerva vous estime à la hauteur, vous êtes engagé.

Tim a hoché la tête. Je savais ce qui allait suivre. Il était assis en arrière dans son fauteuil, les pieds sur le bureau, s'efforçant de ressembler au portrait type du privé. Le trou dans sa semelle gâtait un peu le tableau. Mais lui se sentait de retour dans les affaires et résolu à le prouver.

— Et mes honoraires ?

— Vous n'êtes pas encore engagé, lui a rappelé Hammill.

— O.K., Mr. Nubile. Mais je vous préviens, je ne suis pas bon marché. La seule chose pas chère dans ce bureau est ma perruche, et je ne pense pas que vous vouliez une perruche pour veiller sur votre superstar.

Hammill a d'abord essayé de comprendre, puis compris que ça ne valait pas la peine. Il s'est levé en disant : « À ce soir », et, après une dernière rotation de la chevalière autour de son doigt, il est sorti du bureau en claquant la porte derrière lui.

Après son départ, il y a eu un moment de silence.

Je me suis approché du placard pour fouiller dans les CD. Je savais que nous avions un enregistrement de Minerva quelque part et j'ai fini par le dénicher. C'était son troisième album *Voyez tout en rose*. J'ai examiné sa photo sur la pochette : les cheveux blonds, les yeux verts, les lèvres qui semblaient capables d'engloutir un cheval. J'ai ressenti un nouveau pincement de regret pour notre lecteur CD, mis en gage par Tim quelques mois plus tôt. Avec la plupart de nos affaires. C'était assez affligeant. Quand j'entrais dans la boutique du prêteur sur gages de Camden Town, je me sentais plus chez moi que chez moi.

Mais la chance allait peut-être tourner. Il suffisait à Tim de protéger Minerva pendant deux jours pour encaisser un joli chèque. Il risquait même d'encaisser un vilain coup à sa place. Dans ce cas, j'espérais qu'on le gratifierait d'un petit extra. De toute façon, ce serait amusant d'approcher une des plus grandes stars de la planète.

— Je n'en reviens pas, Tim ! Nous allons rencontrer Minerva !

— Mieux que ça ! a dit mon frère. Puisqu'elle inaugure la grotte chez Harrod's, nous allons peut-être aussi rencontrer le Père Noël !

J'ai rangé le CD dans le placard.

Minerva avait besoin de protection et, pour une raison inexplicable, son mari avait choisi Tim Diamant. Combien de temps mettrait-elle à demander le divorce ?

2

Suite n° 16

Le Porchester, situé au milieu de Park Lane, est un palace cinq étoiles qui coûte les yeux de la tête, le genre d'endroit où je ne pourrais même pas passer une nuit le trente-six du mois. Autrement dit, c'est un hôtel ruineux. J'ai repéré deux célébrités dans la porte à tambour, et, le temps d'atteindre la réception, j'en ai croisé trois autres. Il y avait assez de manteaux de fourrure et de bijoux dans le hall pour remplir un magasin. Et je ne parle que des hommes.

La réception était tout en verre et marbre, y compris le bureau. C'est très à la mode. Tim et moi étions arrivés une demi-heure en avance pour respirer un peu l'atmosphère – respirer était d'ailleurs la seule chose dans nos moyens. Au bar, un simple verre d'eau coûtait le prix d'un verre de vin ailleurs, et pour un verre de vin, il fallait prendre un crédit à la banque. Ici, rien ne coûtait des clopinettes... pas même les clopinettes. C'est ça, les gens riches. Ils se moquent que les prix soient exorbitants car cela leur rappelle seulement à quel point ils sont riches.

À la réception, nous avons demandé Mrs. Smith. La réceptionniste était une jeune femme vêtue de noir, au corps ondoyant. Elle avait des dents parfaites mais ne souriait pas et parlait du nez. Elle a décroché un téléphone et composé un numéro du bout d'un ongle plus long que son doigt. Elle a marmonné quelques mots, puis raccroché. Ses boucles d'oreilles ont cliqueté. Mes nerfs aussi.

— Deuxième étage, a-t-elle annoncé en remuant à peine les lèvres. Elle s'entraînait peut-être pour devenir ventriloque. Suite seize.

Ainsi donc Minerva occupait une suite, et non une simple chambre. Nous avons emprunté l'ascenseur jusqu'au deuxième, et je dois avouer que l'ascension m'a plu. Je n'avais jamais vu une cabine avec des boutons en or massif et un lustre.

Tim admirait le décor comme un défunt débarquant au paradis. Il avait tenu à revêtir un costume qu'il avait déniché au fond de sa penderie. Dommage que les mites l'aient déniché avant lui. Mais si personne ne s'étonnait qu'il ait dix-sept boutonnières et seulement sept boutons à sa veste, c'était parfait.

La porte de l'ascenseur s'est ouverte et nous avons débouché dans un couloir long d'un kilomètre, tapissé de moquette rose, aux murs couverts de papier peint bien trop beau pour des murs. La Suite 16 était à peu près à mi-parcours : une double porte, avec le numéro en lettres d'or.

Au moment où Tim levait la main pour toquer, un claquement sonore nous est parvenu de l'intérieur. Un coup de feu ? Je n'en étais pas sûr, mais Tim n'a eu aucun doute. Il a ouvert de grands yeux et s'est jeté contre le battant de la porte, l'épaule en avant. Il escomptait visiblement l'enfoncer et voler au secours de Minerva. La porte n'a pas bougé. Tim a hurlé, l'épaule disloquée. J'ai tourné la poignée et poussé. La porte n'était pas verrouillée.

Nous avons bondi dans la pièce. C'était un salon luxueux, occupé par trois personnes. L'une était Jake Hammill, le manager qui nous avait rendu visite. L'autre était un homme beaucoup plus âgé, en veste de velours et cravate de soie, avec un de ces bronzages permanents qui donnent à la peau une couleur de pêche mais la texture d'un pruneau. La troisième était Minerva. Je l'ai reconnue aussitôt, avec ce frisson d'excitation qui vous saisit face à une célébrité. Elle tenait dans la main la moitié d'un diablotin, une de ces friandises de Noël accompagnées d'un petit pétard et d'un dicton. Le bronzé tenait l'autre moitié. Cela expliquait le bruit de détonation.

— Qui êtes-vous ? s'est écrié le bronzé.

— Tim Diamant.

Tim a haussé les épaules et j'ai entendu un cliquetis quand son articulation s'est remise en place. C'était déjà ça. Minerva, qui semblait prête à appeler la police, n'aurait pas besoin de demander une ambulance.

— Quel culot d'entrer ici de cette façon ! a continué le bronzé. Vous ne savez pas frapper ?

— Attendez ! Attendez ! est intervenu Jake Hammill. C'est le détective privé dont je vous ai parlé. Celui que vous m'avez indiqué. Tim Diamant.

— Et ce garçon ?

— Je suis son frère. Nick Diamant.

— Ah. Bien... Alors asseyez-vous.

Minerva avait assisté à toute la scène avec un mélange de perplexité et d'incrédulité. Je me suis assis sur le sofa à côté d'elle, songeant qu'un million de garçons de mon âge auraient donné leur bras droit pour être à ma place, et me demandant ce qu'elle aurait fait avec un million de bras droits. Minerva était vêtue simplement, d'un jean haute couture et d'un tee-shirt blanc, mais, même ainsi, c'était l'une des plus belles femmes que j'aie jamais vues. Elle avait de longs cheveux sombres, des yeux bleu-vert, et le genre de corps qui me faisait regretter de n'avoir pas quelques années de plus. Elle était peut-être plus petite que je l'avais imaginé, mais je n'ai guère d'imagination. D'ailleurs, en la contemplant, je n'avais pas besoin d'imagination. Elle était le spécimen authentique, et juste à côté de moi.

Pendant ce temps, Tim avait pris place sur une chaise. Visiblement, Minerva lui plaisait aussi beaucoup. À ma connaissance, Tim n'a jamais eu de petite amie régulière. Il n'est pas homo. Simplement il n'a pas eu la chance de trouver une femme attirée par un type de vingt-cinq ans, sans argent ni cervelle. Soyons franc, Tim est lui-même assez séduisant. Mince, brun et raisonnablement bien bâti. Et il éveillait visiblement l'intérêt de Minerva. Ce qui n'avait rien d'étonnant si le bronzé ridé au crâne dégarni était son mari. Comment une femme aussi sexy et célèbre pouvait-elle avoir épousé son grand-père ?

— Bien, a dit Tim avec un sourire nonchalant. Comment puis-je vous aider ?

Il a voulu croiser ses jambes et son pied a heurté une lampe, dont l'abat-jour a giclé.

— Je vous l'ai déjà expliqué, a répondu Hammill. Minerva a besoin d'un garde du corps.

— Avec un corps pareil, ça ne me surprend pas !

— Du calme ! l'a interrompu le vieux bronzé. C'est de ma femme dont vous parlez.

— Qui êtes-vous ? a demandé Tim.

— Son mari ! (Il s'est perché sur l'accoudoir du sofa à côté de Minerva.) Mon nom est Harold Chase. (Il a posé une main sur l'épaule de sa femme. Peut-être ai-je mal vu, mais il m'a semblé qu'elle frissonnait légèrement.) Je vous paie pour être certain que personne ne fera de mal à mon bébé.

— Vous avez un bébé ?

— Je parle de Minerva !

— Je n'ai pas besoin de chaperon, a déclaré celle-ci.

C'étaient les premiers mots qu'elle prononçait et j'ai perçu son léger accent grec qui cherchait à sortir. J'ai pris aussi conscience que cette voix avait vendu des millions de CD.

— Je n'ai besoin de personne.

Ça ressemblait presque au titre d'une de ses chansons.

— Nous devons reprendre le contrôle de la situation, a dit Hammill. Lisez la lettre, Mr. Diamant. Montre-la-lui, Minerva.

Après un instant de réflexion, Minerva a sorti une enveloppe blanche de sa poche.

— Elle est arrivée hier. On l'a glissée sous la porte de ma suite. L'auteur me hait, apparemment.

Tim a ouvert l'enveloppe et lu la lettre à voix haute :

« Chère Minerva,

Vous êtes un monstre. Jamais je ne vous pardonnerai ce que vous avez fait à Los Angeles, l'été dernier. Comment avez-vous pu ? Vous méritez de mourir et je vais vous tuer bientôt. Votre vie s'achèvera sur le pavé londonien. Ce sera votre dernier Noël ! »

Tim a abaissé la lettre et demandé :

— Qu'est-ce qui vous fait croire que cette personne vous hait ?

— Comment ? a dit Minerva d'une voix frémissante en le dévisageant.

— Eh bien, l'auteur commence par « Chère Minerva »...

Je lui ai arraché la lettre des mains. Une feuille de papier blanc, avec une encre bleue, éditée par une imprimante. L'auteur ne savait pas orthographier le verbe « pardonner ». L'enveloppe était adressée à : « Minerva, Suite 16 ».

— Que s'est-il passé, à Los Angeles ? ai-je demandé.

— Rien, a répondu Harold.

— C'est le concert, a coupé Hammill. Ce ne peut être que ça.

— Tais-toi, Jake.

— Non, Harry. Il vaut mieux les mettre au courant, a insisté le manager en se tournant vers nous. Ce sont des choses qui arrivent fréquemment. Cela s'est produit l'été dernier, comme le dit la lettre. Minerva allait donner un grand concert de charité. Au bénéfice de l'O.A.K.

— L'O.A.K. ?

— *Overweight American Kids*. Autrement dit, les jeunes Américains obèses. C'est une œuvre caritative qui essaie de venir en aide aux enfants qui regardent trop la télé et mangent trop de McDo. Certains sont obligés de porter des vêtements élastiques. Beaucoup sont en fauteuil roulant. Ils peuvent marcher mais sont simplement trop paresseux. Bref, ils attendaient impatiemment le concert mais, au dernier moment, Minerva a dû annuler.

— Pourquoi ?

— J'avais la migraine, a répondu la star.

Manifestement, les jeunes obèses de l'O.A.K. étaient le dernier de ses soucis. Jusqu'à maintenant.

— L'annulation du concert a déçu de nombreux fans, a repris Jake Hammill.

— Et vous pensez que l'un d'eux cherche à la tuer ?

— Apparemment, oui.

J'en doutais. L'idée d'un ado américain obèse et drogué à la télé faisant le voyage jusqu'en Angleterre pour assassiner Minerva me semblait un peu tirée par les cheveux. D'un autre côté, la faute d'orthographe appuyait cette hypothèse. Cependant, la formulation de cette lettre me déplaisait – et je ne parle pas de la menace de mort. Je sentais que quelque chose clochait. Mais je n'avais pas le temps de définir quoi.

— À mon avis, tu devrais quitter Londres, a déclaré le mari. Je n'arrive pas à dormir en pensant que tu cours un danger.

— Harold, tu exagères ! a dit Minerva en secouant la tête. Ce voyage est une formidable publicité. Inaugurer les illuminations de Regent's Street et la grotte du Père Noël de Harrod's me fait une promo d'enfer. Je ne vais pas m'enfuir parce qu'un débile m'envoie une lettre idiote.

(Elle s'est tournée vers Tim.) J'ai un single qui sort le 25 décembre.

— Comment ça s'appelle ? ai-je demandé.

Tim m'a fait les gros yeux.

— Ça s'appelle le jour de Noël, Nick. Tout le monde sait ça.

— Non, je parle du single. Quel est son titre ?

— *Comme un Virginien*, a dit Minerva. C'est une chanson sur les cow-boys. (Elle s'est tue pendant un instant, puis elle m'a vraiment surpris.) Si vous devez travailler pour moi, les garçons, vous feriez aussi bien de savoir que je déteste ce pays et que je hais Noël.

— Minerva..., a commencé Harold.

— Tais-toi, Harold. Je tiens à jouer cartes sur table.

— Les cartes de Noël ? a marmonné Tim.

— Non, j'ai horreur de ça. Ces ridicules images d'angelots et de rois mages. Si ces rois étaient si sages, pourquoi tout ce micmac avec l'or, l'encens et la myrrhe ? Vous croyez qu'un bébé se sert de ces trucs-là ? (Elle a secoué la tête.) Je hais tout le décorum de Noël. Ces sapins qui perdent leurs aiguilles sur la moquette. Ces cantiques ennuyeux à n'en plus finir. Le Père Noël avec sa grande barbe ridicule.

— Et les cadeaux ? ai-je demandé.

— Je me moque des cadeaux ! J'ai déjà tout

ce que je veux. (À cet instant, Minerva s'est aperçue qu'elle tenait encore dans la main la moitié du diablotin qu'elle avait tiré avec son mari juste avant notre arrivée.) Et je déteste aussi ces stupides pétards. Quelqu'un me les a fait envoyer. Résultat : une bonne migraine. À mon avis, il faudrait rayer Noël du calendrier.

Elle a jeté la moitié du diablotin. Un petit gland argenté et un bout de papier s'en sont échappés.

J'ignore pourquoi j'ai ramassé le bout de papier. Peut-être, après le laïus de Minerva, avais-je envie de rire un peu. Ou bien mon instinct m'a soufflé que ce papier n'appartenait pas au diablotin. En tout cas, je l'ai déplié. Comme j'aurais dû m'en douter, le message était imprimé avec la même encre bleue et le même caractère que la lettre. Il n'y avait que deux lignes :

« QUAND MINERVA APPUIERA SUR LA MANETTE
J'ARMERAI LA GÂCHETTE. »

J'ai lu le message à haute voix.

— Je ne comprends pas, a dit Tim. Ça n'a rien de drôle....

— Ce n'est pas une blague, Tim. C'est une nouvelle menace de mort.

— C'est impossible ! s'est exclamé Harold en me prenant le papier d'une main tremblante.

Comment ce message a-t-il pu se glisser dans le diablotin ? (Il a lancé un regard noir à Jake Hammill.) C'est toi qui les as apportés ici ! Qu'est-ce que tu manigances ?

— Je les ai simplement montés de la réception, s'est défendu Hammill. Un fan les y avait déposés.

— Qu'est-ce que ça signifie ? a dit Minerva d'une voix calme.

Comme personne ne prenait la parole, je l'ai prise.

— Je pense que le message fait allusion à demain, quand vous déclencherez les illuminations de Noël. (J'ai ramassé le gland argenté. Il était lourd, peut-être en argent massif.) Et regardez ceci.

— Un gland ? s'est étonné Tim, intrigué.

— Un gland de *chêne*, Tim. Ce qui donne une idée de sa provenance.

— Bien sûr ! (Harold Chase s'est levé d'un bond. Il tremblait tellement que j'ai cru qu'il allait faire tomber les verres du bar.) On n'allumera pas les illuminations. Pas question. On ne s'en approchera même pas.

— Voyons, Harold..., a dit Hammill.

— Je suis sérieux, Jake.

— Ça suffit, Harold ! a coupé Minerva en se levant à son tour. Ma décision est déjà prise.

J'allumerai ces fichues guirlandes. Il le faut. Le maire de Londres sera présent. Ainsi que toute la presse. Ce sera un grand événement.

— Il sera encore plus grand si quelqu'un vous tire dessus, ai-je murmuré.

Tim s'est tourné vers moi.

— C'est terrible ce que tu dis, Nick. (Il a réfléchi un instant, puis il a ajouté :) D'ailleurs, le tueur ne tirera peut-être pas. Il peut aussi la tuer avec une bombe, l'écraser, l'électrocuter...

Minerva avait un peu blêmi.

— Vous croyez pouvoir me protéger, Mr. Diamant ?

— Je suis un privé très privé. À partir de cette minute, je ne vous quitte plus. Je mange avec vous, je marche avec vous, je dors avec vous...

— Hé ! Une minute ! s'est écrié Harold. C'est moi qui dors avec elle.

Jake Hammill est intervenu.

— Je pense que Minerva sera en sécurité tant qu'elle restera à l'hôtel. Je propose que Mr. Diamant nous accompagne simplement demain soir, à Regent's Street.

— D'accord, a consenti Minerva. Je ne sortirai pas de la journée. Ce sera parfait.

— Reste la question de vos honoraires, Mr. Diamant, a poursuivi Hammill.

— Ce n'est pas une question. C'est une certitude, a rétorqué Tim.

— Bien entendu, a acquiescé le manager avec un petit clignement d'yeux perplexe. Nous vous paierons cent livres par jour. Mais entendons-nous bien. Si quelqu'un tire sur Minerva, vous encaissez la balle à sa place.

— Ne vous inquiétez pas, a répondu Tim en me désignant d'un signe du pouce. Mon frère est là pour ça.

L'affaire était réglée. Je ne comprenais toujours pas pourquoi Minerva n'avait pas fait appel à la police. Peut-être n'aimait-elle pas être cernée par des hommes en bleu. J'étais tenté de la prévenir que Tim lui offrirait à peu près autant de protection qu'une ombrelle en papier sous la pluie, mais cent livres ça ne se refuse pas. En observant Jake Hammill compter les billets, j'ai pris conscience que je n'avais pas imaginé voir la Reine ce Noël en dehors de son discours télévisé. Or j'avais sous les yeux dix petits portraits d'elle, qui glissaient dans la main tendue de Tim. J'avais presque envie de l'embrasser. La Reine ou Tim.

Nous sommes rentrés en bus. Nous avions les moyens de nous offrir un taxi mais nous avions déjà décidé de claquer une bonne part de l'argent dans un gueuleton au restaurant italien du coin. Je rêvais déjà d'une pizza grand modèle. Avec un supplément d'olives et de poivrons. Et pourquoi pas un supplément de pizza. Malgré cela, je n'arrivais pas à chasser Minerva et son mari de mes pensées. Je revoyais le film des événements de la soirée et je restais persuadé que quelque chose clochait.

— Tu sais, Tim, il y a un truc bizarre là-dedans.

— Où ça ? Dans le bus ?

— Mais non. Je parle de Minerva, pas du bus. Ces menaces de mort. On n'a jamais vu une menace dans un diablotin de Noël !

— C'est vrai. Drôle de pétard.

— Je ne serais pas surpris qu'ils aient manigancé cette histoire tous les trois. Tu as entendu Minerva. Son seul but c'est de vendre son nouveau CD. Il se peut que ce soit simplement un coup de pub monté de toutes pièces.

— Je ne pense pas, Nick. À mon avis, Minerva court un vrai danger. Ne me demande pas pourquoi. J'ai du flair pour ce genre de truc. Un sixième sens.

— Sûr, ai-je murmuré. Dommage qu'il te manque les cinq autres.

J'ai regardé par la fenêtre. La nuit était tombée depuis longtemps et il semblait sur le point de neiger. Quelques flocons dansaient dans le vent. En tournant l'angle de la rue, j'ai remarqué un homme-sandwich, sur le trottoir, qui distribuait des tracts sur Jésus. Londres est plein de types de ce genre. Peut-être est-ce la ville qui les rend fous, ou bien ils sont fous avant d'arriver et c'est la ville qui les attire. En tout cas, celui-ci exhibait trois mots peints en rouge sur son panneau :

LA MORT VIENDRA

Son regard a cherché le mien quand nous l'avons dépassé et je me suis interrogé. Était-ce un de ces fanatiques inoffensifs qui vendent la Bible à qui veut les entendre ? Ou bien savait-il une chose que j'ignorais ?

3

Regent's Street

Tout lc monde fait grand cas des illuminations de Noël à Regent's Street et c'était peut-être l'une des rares fois où elles valaient vraiment la peine. Quand j'étais petit, maman m'emmenait en ville. Les lumières scintillaient, clignotaient, étincelaient, et les gens émerveillés levaient la tête pour les admirer, sans même se plaindre quand le bus 197 les écrasait.

De nos jours, les illuminations de décembre ressemblent plus ou moins à celles de toutes les autres avenues en période de fête. Pire, elles sont désormais financées par des sponsors, et, en plus du Père Noël, des étoiles ou des anges, on a aussi les derniers personnages de Disney, ou même « Harry Christmas » de J.K. Rowling.

L'allumage des éclairages de Noël n'en reste pas moins un événement important. Si ce n'est pas un membre de la famille royale qui appuie sur le bouton, c'est une pop star ou un acteur de Hollywood. Toute la presse écrite et les chaînes de télévision sont là pour enregistrer l'instant crucial. Le lendemain, vous lisez à la une de journaux : « MINERVA EMBRASE LONDRES. » Pour un jour, les guerres, les tremblements de terre et la sale politique sont relégués en page 2.

Nous roulions vers Regent's Street dans une limousine extra-longue. Le chauffeur était un grand type mince en uniforme gris, lui aussi extra-long. Minerva et son mari occupaient la banquette du fond. Je me suis aperçu que Harold Chase portait un sonotone, mais il n'en avait pas besoin car personne ne lui parlait. Minerva regardait par la vitre. C'était un verre spécial qui empêchait quiconque de voir à l'intérieur de la voiture. Son manager, Jake Hammill, avait le siège voisin pour lui tout seul. Tim et moi étions plus près de l'avant, et plus loin du minibar. Tous les trois sirotaient du champagne. Nous n'avions eu droit qu'à un verre d'eau glacée. Après tout, nous n'étions que des employés. L'agent de sécurité et son jeune frère.

Je dois admettre que, de là où je me tenais assis, Minerva était fabuleuse. Elle portait une tenue rouge vif, garnie de passementerie en fourrure blanche. Imaginez le Père Noël avec trente ans de moins, après une radicale opération de chirurgie esthétique. Ses lèvres aussi étaient rouges, et dessinées en forme de baiser parfait. Il était difficile de se rappeler que cette femme détestait Noël. Elle s'était parée comme un cadeau, que tout homme aurait souhaité ouvrir. J'ai jeté un coup d'œil à Tim. Il bavait. Restait à espérer qu'il ne tacherait pas la moquette.

— Surtout, n'oublie pas ! a dit Harold Chase à sa femme. (Elle s'est lentement tournée vers lui, l'air indifférent.) Tu poses pour les photographes. Tu fais un petit speech. Tu allumes les lumières. Et ensuite on file en vitesse.

— Pourquoi tant d'inquiétude ? a dit Minerva d'une voix traînante.

— Pourquoi ? (Un bref instant, Harold a ouvert des yeux si exorbités que j'ai cru qu'ils allaient lui sortir de la tête.) Il y a peut-être un tueur dans les parages, mon bébé. Tu vas être en pleine lumière, exposée. N'importe qui peut tirer sur toi. (Puis il s'est penché en avant pour s'adresser à Tim :) Vous feriez bien de garder les yeux ouverts, Mr. Diamant.

— Ne vous tracassez pas, Mr. Case, l'a rassuré Tim. Je ne quitterai pas votre femme des yeux de toute la soirée.

— Arrangez-vous pour qu'il ne lui arrive rien de mal.

— Quel mal pourrait-il lui arriver puisque je suis là ! Tim a levé les mains pour appuyer ses paroles... et vidé son verre d'eau glacée sur le chauffeur.

La limousine s'est arrêtée. Il était juste dix-huit heures, ce lundi froid et sec, mais tous les magasins étaient encore ouverts et la foule courait en tous sens pour les achats de Noël. Quand nous sommes descendus de la voiture, la nuit a paru exploser en milliers d'éclairs. Les flashs crépitaient, si rapides et si denses que j'étais aveuglé. J'avais l'impression de pénétrer dans une tempête électrique annonçant la fin du monde.

Bien sûr, ça n'avait rien d'aussi tragique. Minerva était simplement photographiée par une horde compacte de photographes brandissant leurs appareils, dont les longs téléobjectifs semblaient visiblement ravis de la voir. Pendant quelques secondes, Minerva s'est figée, moitié à l'intérieur de la voiture, moitié à l'extérieur. Puis elle a repris vie, s'est mise à sourire et à saluer de la main, et la femme de mauvaise humeur que j'avais eue en face de moi s'est aussitôt métamorphosée en cette star merveilleuse qu'elle était toujours sous la tempête des flashs. À cet instant, j'ai compris ce que c'était d'être une célébrité : vous êtes aimé non pour ce que vous êtes mais pour ce que les appareils des photographes veulent que vous soyez.

En même temps, je restais perplexe. Minerva avait reçu deux menaces de mort. Même si elle avait décidé de ne pas les prendre au sérieux, son mari et son manager s'en étaient inquiétés suffisamment pour nous engager, Tim et moi. Or Minerva était déjà totalement cernée par les photographes. N'importe lequel d'entre eux pouvait être armé. Malgré les policiers qui rôdaient alentour, rien n'était plus facile que de la tuer maintenant. Je ne pouvais rien faire d'autre que la regarder se tourner et sourire, sourire et se tourner vers les photographes qui la hélaient.

— Par ici, Minerva !

— Un sourire, Minerva !

— Vers moi, Minerva !

Tim m'a donné un coup de coude. Il se tenait debout, le dos à la limousine, clignant des yeux sous les flashs, mais soudain en alerte. J'ai suivi son regard. Un homme en costume, d'apparence quelconque, approchait rapidement. J'ai deviné immédiatement ce qui allait se passer.

— Je m'en charge..., a murmuré mon frère.

— Non, Tim !

Trop tard. Tim avait déjà bondi sur l'homme. Il l'a empoigné, l'a fait pivoter, et l'a plaqué contre le capot de la limousine.

— Vous n'irez pas plus loin !

— Je... je... je...

L'homme était trop choqué pour parler.

— Qu'est-ce que vous lui voulez, à Minerva ?

— Je suis le maire de Londres !

Tim était sceptique. Il ne lâchait pas sa proie.

— Si vous êtes le maire de Londres, où sont votre cape rouge et votre chapeau pointu ?

— Ce n'est pas mon genre. Vous avez dû trop regarder Guignol quand vous étiez petit.

— Absolument pas ! s'est défendu Tim.

Deux policiers ont surgi. Ils ont écarté Tim et aidé le maire à se remettre d'aplomb. Car, bien entendu, c'était le maire. Je l'avais reconnu tout de suite, avec son crâne chauve, ses joues colorées et sa moustache totalement décolorée. Jake Hammill avait assisté à la scène et se précipitait pour s'interposer entre le maire et Tim.

— Je suis désolé, monsieur le maire. Nous avons engagé un agent de sécurité et je pense qu'il est un peu impulsif.

— C'est scandaleux ! s'est exclamé le maire d'une voix pleurnicharde.

— Venez, je vais vous présenter à Minerva. Elle est impatiente de vous connaître.

La pensée de serrer la main de Minerva – ou toute autre partie de sa personne – a dû ragaillardir le maire car, tout à coup, il a semblé avoir totalement oublié l'assaut de Tim. Hammill l'a guidé vers la star, qui continuait de poser pour les photographes.

— Minerva... voici le maire !

— Oh... quelle joie de vous connaître, monsieur le maire !

Minerva avait l'air si sincère que j'ai moi-même failli la croire. Elle l'a embrassé sur la joue, et à nouveau la nuit s'est transformée en jour pendant que les photographes immortalisaient cet instant mémorable pour les unes du lendemain.

Où allume-t-on les éclairages ? a demandé Minerva.

— Par ici...

Le maire était cramoisi. Lui aussi, elle l'avait allumé.

Nous nous sommes frayé un chemin vers une plate-forme surélevée construite en bordure de l'avenue. Il devait y avoir quatre ou cinq cents personnes autour de nous, dont la plupart brandissaient des carnets d'autographes ou des appareils photo. L'orchestre de l'Armée du Salut, préposé aux cantiques de Noël, a attaqué une version très approximative de *Douce Nuit*.

Minerva a gravi les marches de l'estrade et je n'ai pu me retenir de songer aux potences et aux exécutions publiques. Le message glissé dans le diablotin me hantait. Quelqu'un allait-il vraiment sortir de sa boîte comme un diable pour l'abattre ? Je m'efforçais de me mettre dans la peau du tireur pour deviner où il se cachait. Sur les toits ? Il était difficile de discerner quelque chose dans la nuit mais, apparemment, il n'y avait personne. À une fenêtre ouverte, peut-être ? Toutes celles de la rue étaient fermées. Alors, dans la foule...

Minerva avait atteint le haut des marches. Était-elle courageuse ou stupide ? Ou refusait-elle simplement de prendre l'histoire au sérieux ?

Jake Hammill, de son côté, ne masquait pas sa nervosité. De même que Harold Chase. Celui-ci se tenait en retrait, les mains dans les poches, serrant autour de lui son manteau en cachemire comme s'il cherchait à s'y dissimuler. Son regard voletait de droite à gauche. Même si personne n'attentait à la vie de sa femme, on pouvait craindre pour lui la crise cardiaque. Il n'avait plus du tout le même visage que la veille.

Nous étions donc tous là, sur l'estrade : Minerva et le maire au premier rang, nous autres derrière. Un unique bouton rouge saillait d'un pupitre de bois, avec un micro. Minerva s'est avancée. La foule s'est tue. Les musiciens de l'Armée du Salut ont atteint la fin d'un couplet et cessé de jouer – malheureusement pas tous en même temps.

— Mesdames et messieurs ! disait le maire. (Sa voix geignarde a parcouru tout Regent's Street, et ce n'était pas la faute du micro.) Je vous souhaite à tous la bienvenue ! De hautes personnalités nous ont honoré de leur présence pour les illuminations de Noël. Mais, cette année, nous recevons la plus grande star de toutes. Je vous prie d'accueillir chaleureusement... Minerva !

Applaudissements et vivats ont fusé.

— Merci. Merci beaucoup ! a dit Minerva. Je suis très heureuse d'être parmi vous. Pour Noël. C'est une période si magique. Nous fêtons la naissance de Jésus... et de mon dernier CD. Alors, joyeux Noël à tous et...

Elle a levé l'index.

C'est à cet instant que cela s'est produit.

Deux coups de feu. Incroyablement proches et, sans aucun doute, destinés à Minerva. Aussitôt, l'ambiance a changé. Il y a eu d'abord une seconde de silence figé, puis des cris, et la foule s'est dispersée. Les gens se bousculaient pour ne pas rester dans la trajectoire. Les musiciens de l'Armée du Salut se mêlaient à la débandade. J'en ai vu un tomber dans la grosse caisse. Le joueur de cymbales a été renversé dans un ultime claquement. Sur l'estrade, le chef d'orchestre avait été le premier à plonger à l'abri. Minerva n'avait pas bougé, ne sachant quoi faire. Impossible de savoir si elle avait été touchée ou non. Avec son ensemble rouge, c'était difficile à voir.

Puis Tim est entré en action. Je dois le reconnaître, mon frère était plus brave que le major de l'Armée du Salut, qui s'était recroquevillé dans un coin, la tête entre les mains. Tim avait été engagé pour protéger Minerva, même si le tueur avait déjà tiré... et même si elle était déjà morte.

— Couchez-vous ! a-t-il crié.

Il a plongé. Je suppose qu'il avait l'intention de se jeter sur le corps de Minerva – ce qui, admettons-le, était une idée séduisante. Malheureusement, Minerva avait déjà réagi et s'était propulsée sur le côté. Tim l'a donc manquée et a atterri, les bras en croix, sur le bouton rouge.

Aussitôt, dix mille ampoules multicolores se sont allumées. Cette année, l'éclairage de Noël avait été financé par McDonald. Les guirlandes lumineuses dessinaient des étoiles, des arbres de Noël décorés de hamburgers étincelants et de frites, en même temps que retentissait dans les haut-parleurs un cantique spécialement adapté : *Bon et joyeux McDoël !*

Le maire a ouvert un œil et hurlé :

— Espèce de crétin ! Vous avez déclenché les illuminations à la place de Minerva !

Je ne sais pas ce qui aurait pu advenir ensuite. Peut-être Tim aurait-il été lui-même assassiné. Mais Harold Chase a bondi en criant :

— Là-bas ! Le voilà !

Il pointait le doigt en direction des toits. Avec les milliers de lumières qui brillaient en dessous, l'obscurité était devenue un océan rouge, bleu, jaune et blanc. Sur la terrasse d'un grand magasin, j'ai distingué une silhouette trapue, à demi cachée derrière une cheminée. La silhouette regardait dans notre direction et tenait quelque chose à la main. Un revolver ? En tout cas, de sa position, il avait eu un point de vue dégagé sur Minerva. Mais plus maintenant. Une demi-douzaine de policiers s'étaient rués sur l'estrade et chacun semblait avoir attrapé un bout de la star. De même que Jake et Harold. Ils formaient un monticule, sur lequel Tim, après s'être écarté du bouton rouge, tentait de se hisser à son tour. L'estrade entière ressemblait à un stade d'entraînement pour les All Blacks, avec Minerva au cœur de la mêlée.

Sur le toit, la silhouette ne bougeait pas. C'est ce qui m'a décidé à agir. Sans trop savoir ce que je faisais. Une part de moi se posait des questions. Comment Harold avait-il pu localiser si vite la silhouette sur le toit, et pourquoi ne l'avais-je pas vue une minute plus tôt ? Pourquoi le tireur supposé ne s'était-il pas rapidement enfui – ou n'avait-il pas tenté de tirer d'autres coups de feu ? Quelle arme avait-il dans la main ? Une autre part de moi savait que je ne trouverais pas les réponses dans Regent's Street. Je devais les chercher là-haut, et seul.

J'ai sauté de l'estrade, me suis frayé un chemin parmi ce qui restait de spectateurs, puis engouffré dans la boutique la plus proche. C'était un gigantesque magasin de vêtements de luxe qui dépassaient largement mes moyens – et que je n'aurais d'ailleurs jamais eu envie d'acheter. Les blazers bleus et les cravates rouges n'ont jamais été mon style. Un ascenseur faisait face à l'entrée. J'avais de la chance : les portes de la cabine allaient se refermer. J'ai appuyé sur le bouton du sixième étage. Là encore, la chance m'a souri. L'ascenseur ne s'est pas arrêté en route.

Le sixième étage semblait entièrement consacré aux cadeaux de Noël pour les gens qu'on n'aime pas : pulls de golf franchement moches, parapluies gigantesques et chaussures multicolores. Les clients ne se bousculaient pas et j'ai pu foncer vers la porte d'incendie la plus proche. Comme c'était à prévoir, un escalier en ciment menait au toit. J'ai gravi les marches quatre à quatre et, tout à coup, j'ai réalisé que j'étais sans arme et que j'allais affronter un assassin potentiel qui ne m'accueillerait certainement pas avec un chant de Noël, mais plus probablement avec une rafale de coups de feu. Mais il était trop tard pour rebrousser chemin. Et je me suis dit que ce ne serait pas pire que de porter un de ces horribles pulls de golf.

Il y avait une porte marquée : Issue de Secours. Je me suis rué dessus, les mains en avant... ce qui, incidemment, a déclenché les sirènes d'alarme et le système d'extinction d'incendie dans les six étages du magasin. J'étais maintenant sur le toit, dans un étrange paysage de cheminées, d'antennes paraboliques, de réservoirs d'eau et d'appareils de climatisation. J'ai fait halte un instant pour laisser mes yeux s'habituer à l'obscurité. Il ne faisait d'ailleurs pas vraiment noir. Les illuminations de Regent's Street blanchissaient la nuit et j'apercevais, tout en bas, la foule, les policiers, et ce qui restait de l'orchestre de l'Armée du Salut.

Soudain, j'ai perçu un mouvement. Il était là. L'homme que Harold Chase avait repéré. À une quinzaine de mètres de moi, de l'autre côté du toit. Il n'avait pas l'allure d'un assassin. Petit et très gros – presque sphérique –, avec des cheveux blancs et bouclés. Était-ce un Américain ? Au fond, toute l'histoire avait débuté par l'annulation d'un concert organisé au profit des jeunes obèses américains.

L'homme m'a regardé avec un mélange d'effroi et de désarroi. Il a levé la main comme pour m'empêcher d'avancer.

— Non ! Je... je... je n'ai pas...

Puis il a tourné les talons et s'est enfui.

En m'élançant à sa poursuite, je me suis rendu compte que j'avais mal calculé mon coup. Je m'étais trompé de magasin. Un précipice de dix mètres séparait son toit du mien. Mais maintenant que j'étais arrivé jusque-là, je n'allais tout de même pas me laisser rebuter par un saut d'une dizaine de mètres et une probable chute mortelle d'une hauteur de sept étages. J'ai couru pour prendre mon élan et me suis propulsé.

Pendant un instant, j'ai eu l'impression de rester suspendu en l'air et de sentir le trottoir qui m'aspirait, tout en bas. L'air glacé de la nuit m'a fouetté le visage. L'autre toit était beaucoup trop loin. Je n'y arriverais pas. J'ai été saisi d'une colère subite contre moi. Pour qui me prenais-je ? Spiderman ? Dans ce cas, j'avais oublié ma toile.

Mais je ne suis pas tombé. J'ai réussi à saisir le rebord du toit du bout des doigts. Le choc brutal contre la façade de brique m'a arraché un cri de douleur. J'ai senti un goût de sang dans ma bouche. Je m'étais fendu la lèvre. Peut-être même avais-je quelques dents ébranlées. En rassemblant mes dernières forces, j'ai réussi à me hisser et à rouler sur le toit. Quand je me suis relevé, péniblement, je n'ai pas été surpris de constater que le petit gros avait disparu.

Mais il avait laissé quelque chose derrière lui. Trois petits objets argentés. J'ai cru d'abord qu'il s'agissait de balles de revolver. Puis, en m'approchant, j'ai vu que c'était trop grand pour des balles. En bas, dans la rue, des gens criaient en me montrant du doigt. Je me suis agenouillé pour ramasser les choses argentées.

Trois feuilles de chêne. Voilà ce que le tireur avait laissé derrière lui. Le gland dans le diablotin, et maintenant ceci. Décidément, l'homme cherchait à me dire quelque chose. Et le message était limpidc.

4

Dîner pour deux

À mon réveil, le lendemain matin, nous étions revenus à notre point de départ : dans notre bureau de Camden Town, et Tim au chômage. Mon saut de la mort n'avait impressionné personne quand j'avais exhibé mon maigre butin : une lèvre fendue et trois feuilles de chêne. J'avais fourni à la police une description de l'homme entrevu sur le toit : petit et gros, ce qui n'avançait guère. Les cheveux bouclés pouvaient être une perruque. Et le peu de mots qu'il avait prononcés ne permettaient pas de déterminer s'il avait ou non un accent américain.

Je n'avais cessé de repenser à ses paroles. « Non ! Je... je... je n'ai pas... » Était-il effrayé ou bègue ? Et qu'avait-il voulu dire ? La police avait conclu qu'il était furieux et fâché d'avoir raté sa cible. Mon interprétation était plus simple : « Non, je n'ai pas fait ça. Ce n'est pas moi. » Voilà, à mon avis, ce qu'il avait voulu me dire. Mais, dans ce cas, pourquoi avoir laissé ces feuilles de chêne ? Le symbole de l'association des jeunes Américains obèses : l'O.A.K. *Oak*, qui signifie chêne en anglais. De plus, où était son arme ? J'avais cru l'apercevoir dans sa main, mais il ne l'avait pas à mon arrivée sur le toit.

De toute façon, pour nous, l'affaire était terminée. La police, sachant désormais Minerva en danger, avait pris les dispositions nécessaires. Et si j'en croyais la façon dont certains agents l'avaient reluquée dans Regent's Street, on ne manquerait pas de volontaires pour faire des heures supplémentaires. La bonne nouvelle, c'est qu'il nous restait soixante-dix livres sur les cent que nous avait données Jake Hammill. Cela nous permettrait d'acheter une dinde pour Noël, des choux de Bruxelles, des pommes de terre et de la farce aux marrons. Dommage que Tim ait vendu le four.

Je l'ai trouvé, au petit déjeuner, devant une assiette de corn-flakes et le journal du matin. Il n'avait pas l'air joyeux et j'ai vite compris pourquoi. Mon frère faisait la une. Une photo le montrait à plat ventre sur l'estrade, à l'instant où son plongeon avait déclenché les illuminations.

— Tu as vu ça, Nick ? Et regarde !

Il indiquait la légende sous la photo : « TIM DIAMANT AGRESSE LE MAIRE ET ALLUME LES LUMIÈRES EN SOLITAIRE. »

— Diamant, solitaire. Ils ont voulu faire un jeu de mots.

— Tu trouves ça drôle ?

Tim a poussé un soupir, l'air malheureux.

— Tu sais, Nick, j'ai beaucoup réfléchi ces derniers temps.

— Ça t'a fait mal ?

Il a préféré ignorer mon sarcasme.

— Je ferais peut-être mieux de trouver un autre travail. Regarde-moi ! J'ai vingt-cinq ans, pas un sou en poche, six mois de retard de loyer, et je ne me souviens pas du dernier vrai repas qu'on ait fait.

— Hier soir, Tim. Une pizza.

— Ça ne compte pas. Et quand par hasard je décroche une affaire, comme celle de Miranda, ça tourne mal. Elle m'a dit que j'étais le type le plus stupide qu'elle ait rencontré.

— Elle plaisantait sûrement.

— En me crachant à la figure et en essayant de m'étrangler ?

— Tu sais... elle est grecque.

Tim a secoué la tête.

— Dès le 2 janvier, je me cherche un vrai travail. Ça ne devrait pas être si difficile. J'ai des qualifications.

J'ai gardé le silence. Je n'avais pas le cœur de lui rappeler qu'il n'avait jamais décroché que deux A en classe, dont un en broderie.

Notre Noël s'annonçait vraiment lugubre. Mais, comme vous devez maintenant le savoir, dans la vie les choses ne se passent jamais comme prévu. Il ne s'était pas écoulé une minute qu'on a frappé à notre porte et, avant que l'un de nous ait le temps de réagir, Minerva est entrée. J'ai failli tomber de ma chaise de surprise. Tim, lui, est vraiment tombé. Minerva était seule et s'efforçait de passer inaperçue, vêtue d'un jean et d'un pull noir, dissimulée derrière des lunettes de soleil à mille dollars. Mais Minerva était Minerva. Il lui était impossible de passer inaperçue, même recouverte de boue et assise dans un marais.

— Minerva ! a hoqueté Tim en se relevant.

— Je ne voulais plus vous voir, a dit Minerva en ôtant ses lunettes. Je ne voulais pas venir ici. Mais il le fallait. Hier soir, je me suis conduite comme une idiote. J'ai été très désagréable avec vous. Je vous ai craché au visage. J'ai essayé de vous étrangler. Mais, ce matin, en me réveillant, j'ai compris mon erreur. (Elle s'est assise, puis a continué.) Harold a acheté les journaux et j'ai découvert que nous faisions la une de toute la presse. Et cela en partie grâce à vous. Le *Times* vous traite de fou. Le *Mail* de débile. Le *Guardian* de...

— Nous savons, ai-je coupé.

Elle m'a ignoré.

— Si j'avais simplement allumé ces stupides éclairages de Noël, j'aurais à peine eu quelques lignes en page 3. Mais avec ce qui s'est passé, j'ai eu plus de publicité que je n'en aurais rêvé. Harold est convaincu que mon nouvel album va faire un malheur.

— Comment va Harold ?

— Il a eu beaucoup de chance, hier soir. L'une des balles l'a manqué d'un centimètre. Elle lui a même fait un trou dans son manteau.

— Dommage pour le manteau.

— Il s'en est fallu de peu. Mais je ne suis pas ici pour parler de Harold. (Elle s'est tournée vers Tim.) Je suis venue me faire pardonner, Timothy. Je voudrais vous inviter à dîner. J'ai déjà réservé une table.

— Il n'est pas un peu tôt pour dîner ? s'est étonné Tim.

— Ce soir, Timothy. Juste nous deux. (Minerva souriait mais son sourire me laissait sceptique. J'avais vu des requins avec des quenottes plus amicales.) Ce soir, vingt heures. Dans mon restaurant favori. Il s'appelle *La Sauce*. (Elle a pouffé de rire malicieusement.) J'ai pensé que nous pourrions passer un moment en tête à tête.

— Je ne suis pas fou de la cuisine française.

— Celui-ci vous plaira, a dit Minerva en minaudant. Faites-vous beau. Mettez donc ce costume avec sept boutons et dix-sept boutonnières.

Là-dessus, elle a tourné les talons et quitté le bureau.

Je me suis approché de la fenêtre pour la regarder sortir de l'immeuble. Une voiture de police l'attendait. C'était donc vrai. Les hommes en bleu avaient pris la relève.

— Ils la surveillent vingt-quatre heures sur vingt-quatre.

— Les veinards, a dit Tim.

Mon frère semblait légèrement étourdi. Je devinais qu'il se voyait déjà dans un restaurant chic, buvant du champagne au milieu de gens riches et célèbres. Il était temps de le ramener sur terre.

— Tu n'iras pas, Tim.

— Pourquoi ?

— Tu ne l'intéresses pas. Si Minerva t'a invité, c'est uniquement pour la publicité. Elle n'a que ça en tête.

— Je lui plais peut-être un peu.

— Je ne crois pas que quiconque lui plaise en dehors d'elle-même. Et puis je te rappelle qu'elle est mariée.

— Écoute, petit, a dit Tim en se renversant contre le dossier de sa chaise. Tu ne connais pas les femmes. Elle recherche peut-être une aventure rude et dangereuse.

— Dans ce cas, elle ferait mieux de s'acheter un yak.

— Elle m'aime bien, Nick !

— Elle se sert de toi, Tim.

— Elle m'a invité à dîner !

— Très bien. Si tu y vas, je t'accompagne.

Tim m'a regardé comme si je l'avais giflé. Je ne nie pas que ça me tentait.

— Pas question, Nick. Tu l'as entendue. C'est un tête-à-tête. Je n'ai pas besoin de toi. J'irai seul. Et ma décision est irrévocable.

La Sauce était l'un des restaurants les plus huppés et les plus fermés de Londres, réservé aux célébrités et aux milliardaires. Tellement fermé que même les serveurs avaient du mal à y entrer. L'établissement était situé dans une rue tranquille près de Covent Garden, et gardé par un portier qui jaugeait toute personne s'en approchant de près ou de loin. Il a examiné Tim des pieds à la tête avec un regard de profond dédain. C'était le genre d'endroit où même le paillasson ne vous disait pas BIENVENUE, mais plutôt BON VENT.

Pourquoi étais-je venu ? En partie parce que je m'inquiétais pour Tim. Je ne savais toujours pas ce que mijotait Minerva mais je ne me fiais pas à elle et je préférais être là pour le cas où les choses tourneraient mal. Mais j'avais aussi très envie de dîner à *La Sauce*. On disait que la nourriture était tellement bonne que le chef pleurait quand vous la mangiez. Il y avait notamment un gigot d'agneau à l'armagnac – qui devait sans doute coûter le prix de l'agneau entier et de la cave de vieil Armagnac. Même un verre d'eau, à *La Sauce*, coûtait cher. Le robinet était probablement en or massif.

Le maître d'hôtel nous a conduits à la meilleure table d'angle, où se trouvait Minerva, éblouissante dans une robe de soie blanche qui la moulait partout où il fallait, et plus encore où il ne fallait pas. En m'apercevant, son visage s'est défait, mais elle n'a pas protesté quand deux serveurs se sont empressés d'ajouter un troisième couvert. Elle a attendu que nous soyons assis pour murmurer :

— Je suis étonnée que vous ayez amené votre petit frère, Timothy. Vous n'avez pas trouvé de baby-sitter ?

— Je ne suis pas un bébé, ai-je remarqué.

— J'espérais être seule avec ton grand frère. J'aimerais le connaître mieux.

— Faites comme si je n'étais pas là.

C'est exactement ce qu'elle a fait pendant tout le repas. Le serveur a apporté trois menus mais elle n'a choisi que pour deux, me laissant décider moi-même. Cela me convenait parfaitement. J'ai commandé un steak frites, laissant les plats sophistiqués aux noms français à Tim et Minerva. J'ai une règle dans la vie : ne jamais manger ce qui est intraduisible.

— Dites-moi, Timothy, a souri Minerva en lui adressant un clin d'œil, est-ce que quelques bulles vous feraient plaisir ?

Tim a paru gêné.

— J'ai déjà pris un bain avant de venir.

— Millésime de Laurent Perrier ! s'est exclamée Minerva.

— Non, bain moussant de Roger Gallet.

Minerva a commandé une bouteille de champagne Laurent Perrier, et moi un Coca. À sa façon de regarder Tim, il était évident qu'elle avait des visées sur lui, et je ne comprenais pas pourquoi. Tout de même, elle était de quinze ans plus âgée que lui, et cinquante mille fois plus riche. Que pouvait-elle bien lui trouver ? Tim a voulu ouvrir la bouteille de champagne. Il s'est produit une petite explosion, suivie d'un cri à l'autre bout de la salle.

— Le maître d'hôtel ?

— Non, juste un serveur, l'ai-je rassuré.

Minerva ne s'en est pas formalisée. Elle se blottissait de plus en plus contre Tim.

— J'adore qu'un homme me fasse rire. Je peux vous poser une question, Timothy ? Vous avez une petite amie ?

— Pas en ce moment.

— Alors personne ne vous attend dans votre lit, ce soir ?

— Juste sa bouillotte en forme de nounours, ai-je répondu.

Tim m'a jeté un regard noir.

— Je la lui remplis tous les soirs.

Le serveur est arrivé avec le premier plat : soupe pour moi, caviar pour eux. Personnellement, je n'ai jamais compris cet engouement pour le caviar. Quand je commande des œufs, je ne m'attends pas à les voir minuscules, noirs, et tassés cinquante par bouchée. Mais Minerva avait l'air ravie. Après tout, elle payait l'addition.

Visiblement, Tim avait perdu pied. Plus Minerva se rapprochait, plus il semblait embarrassé. Et elle était déjà très près. À ce train-là, elle finirait sur ses genoux.

— Timothy... Je crois que nous étions faits pour nous rencontrer.

— Et... votre mari ? a couiné Tim.

— Ne parlons pas de Harold, a dit Minerva avec une moue. Il est la moitié de l'homme que vous êtes.

— Quelle moitié ?

Là encore, je n'ai pu m'empêcher de mettre mon grain de sel.

— Si votre mari vous déplaît autant, pourquoi l'avoir épousé ?

À ma surprise, Minerva a posé les yeux sur moi pour la première fois de la soirée, et j'ai su aussitôt que sa réponse serait glacée et franche.

— Qu'est-ce que tu crois ? J'ai épousé Harold pour son argent. Je débutais. Je venais de quitter Athènes et je n'avais rien. Il a promis de m'aider. Et il l'a fait. Évidemment, aujourd'hui tout a changé. Je gagne des millions !

— Alors pourquoi êtes-vous encore avec lui ?

— Je ne vais pas me donner la peine de divorcer. Et puis c'est beaucoup plus amusant ainsi.

— Il sait où vous êtes, ce soir ?

Minerva a éclaté de rire.

— Bien sûr, il le sait ! Tu aurais vu sa tête quand je lui ai annoncé que je sortais avec Timothy. J'ai cru qu'il allait faire une crise cardiaque !

Voilà donc pourquoi elle avait invité Tim à *La Sauce*. J'aurais dû le deviner. Minerva haïssait son mari, ne le cachait pas, et prenait plaisir à l'humilier. Or quel meilleur moyen que d'être vue en public avec un jeune homme comme Tim ?

À cette seconde, j'ai détesté Minerva plus que n'importe qui d'autre. Plus que Charon, l'assassin dont nous avions croisé la route à Amsterdam. Plus que mon fou dangereux de prof de français, Mr. Palis. À la différence que Minerva était belle, riche et adulée. Mais elle avait un cœur de serpent.

On nous a servi le deuxième plat. Mon steak était délicieux, mais je n'aimais pas l'aspect du mets grisâtre et gélatineux, accompagné d'une sauce jaune, de riz et de haricots, que Minerva avait commandé pour elle et pour Tim.

Tim n'avait pas l'air emballé non plus. Il en avait mangé près de la moitié quand il a levé les yeux pour demander :

— Qu'est-ce que c'est, exactement ?

— Cervelle grillée au beurre blanc.

Deux minutes plus tard, nous étions dehors, sur le trottoir, foudroyés par le regard du portier qui se délectait de nous voir partir.

— Délicieuse soirée, Tim.

— Tu crois que Minerva était contente ?

— Oui, jusqu'à ce que tu gâches un peu l'ambiance en lui vomissant sur les genoux.

Je cherchais un taxi des yeux.

— Je veux rentrer à la maison, a grogné Tim, le visage encore un peu verdâtre.

— Tu veux retrouver ta bouillotte ?

— Trouve-nous un taxi !

Mais nous n'allions avoir besoin ni d'un bus, ni d'un taxi. Une voiture a brutalement freiné devant nous et deux hommes ont bondi.

— Une voiture de police ! s'est écrié Tim.

Déduction très brillante de la part de mon frère. Comment l'avait-il deviné ? Aux uniformes bleus ? Au gyropharc qui clignotait sur le toit ? Au mot « POLICE » inscrit sur la portière ? En tout cas, il avait vu juste. J'ai supposé qu'ils étaient là pour Minerva, mais c'était nous qu'ils venaient chercher.

— Tim Diamant ? a questionné le premier.

— Oui...

— Montez dans la voiture. Vous venez au commissariat avec nous.

— Pourquoi ? ai-je demandé. Que s'est-il passé ? Et comment avez-vous su où nous étions ?

Ils m'ont ignoré.

Le premier flic examinait Tim.

— On veut vous parler.

— À quel propos ? Tim chevrotait.

Le policier a souri, mais sans la moindre trace d'humour. C'était le genre de sourire que vous adresse un médecin en vous expliquant qu'il vous reste une semaine à vivre.

— Vous êtes recherché, Mr. Diamant. Pour meurtre.

5

Le mort

Je n'aime pas les commissariats de police. On y rencontre plein d'individus violents et dangereux qu'il vaut mieux tenir à l'écart de la société. Et je ne parle pas des voyous. Beaucoup de gens affirment que les policiers britanniques sont formidables, mais il suffit d'être arrêté pour changer d'avis. Je n'avais que quatorze ans, et pourtant on m'avait arrêté si souvent que je ne tarderais pas à avoir mes propres menottes personnalisées. Une fois, j'ai même passé un mois en prison. Et je n'avais rien fait de mal ! Quand je songe à la manière dont on m'a traité, un seul qualificatif me vient à l'esprit : criminelle !

Cette fois, on nous a conduits au commissariat de Holborn, à dix minutes du restaurant. Tim était devenu tout pâle et silencieux. Ça, plus la cervelle grillée au beurre, c'était beaucoup. Deux policiers nous ont escortés dans l'habituel couloir aux murs carrelés de blanc, éclairé par des tubes de néon cru. Le genre de couloir qui ne peut vous mener que dans un endroit où vous n'avez aucune envie d'aller. Au bout du corridor, nous attendait une salle d'interrogatoire : quatre chaises, une table et deux inspecteurs. Le mobilier était austère et laid, mais ce n'était rien en comparaison des hommes.

L'inspecteur-chef Snape et l'inspecteur Boyle. De vieux amis. Et, comme tous les vieux amis de Tim, ils nous détestaient. Allez savoir pourquoi, chaque fois que nous avions des ennuis, ces deux-là surgissaient. La police de Londres avait pourtant les moyens de trouver deux autres policiers pour nous harceler ! Mettez un grand singe et un rottweiler en costume, et vous aurez une idée de l'allure de Snape et de Boyle. Snape était le plus âgé des deux, et le moins susceptible d'attraper la rage. Il avait l'air vieux. Mais il avait sûrement cet air depuis le jour de sa naissance.

— Eh bien ! s'est-il esclaffé quand on s'est

assis. Voilà la conclusion idéale d'une sale journée. (Il ne semblait pas prêt à nous offrir le thé.) Tim Diamant ! Le seul détective de Londres dépourvu de cervelle.

Tim a verdi.

— À votre place, je ne parlerais pas de cervelle, inspecteur, l'ai-je averti. À moins que vous ne connaissiez un très bon teinturier.

— Je veux aller me coucher, a grommelé Tim.

— Vous n'irez nulle part, Diamant, a aboyé Snape. J'enquête sur un meurtre et, pour l'instant, vous êtes mon unique suspect.

— Je peux le cogner ? a questionné Boyle, le regard brillant d'espoir.

— Non, Boyle.

— Son frère, alors ?

— Non !

— Mais ils ont résisté quand nous les avons arrêtés !

— Nous ne les avons pas encore arrêtés, Boyle, a soupiré Snape en secouant la tête, avant de nous expliquer : Je viens d'envoyer Boyle suivre un stage pour apprendre à gérer sa colère.

— Ça a marché ? ai-je demandé.

— Non. Il s'est mis en rogne et a frappé le directeur du stage. Ils l'ont renvoyé.

— En tout cas, vous perdez votre temps. Nous n'avons tué personne.

Snape m'a jeté un regard de dédain.

— Que pouvez-vous me dire sur un certain Reginald Parker ?

— Rien. Nous ne l'avons jamais rencontré.

— Qu'est-il arrivé à ce Parker ? a questionné Tim.

— On l'a assassiné, a répondu Snape. Quelqu'un l'a étranglé cet après-midi. Il possède une maison, 27 Sparrow Lane. Sa voisine a entendu des bruits de lutte. Elle nous a prévenus et nous avons découvert le corps.

— Quel rapport avec nous ?

— Montre-leur, Boyle ! a ordonné Snape.

Boyle s'est baissé et a exhibé une batterie reliée à un faisceau de fils électriques terminés par des pinces. Il a posé le tout sur la table en jetant un regard mauvais à Tim. Snape a levé les yeux au ciel.

— Pas ça, Boyle ! Montre-leur la preuve !

Boyle s'est renfrogné. Il a ouvert un tiroir et sorti un sachet en plastique transparent contenant un bristol. *Un problème ? Pas de problème !*. La carte de visite de Tim.

— On a trouvé ça à côté du corps, a repris Snape. Vous avez une explication ?

— Coïncidence ? a suggéré Tim.

Le visage de Snape s'est assombri.

— Bien sûr que non, espèce de crétin ! Ce

n'est pas une coïncidence mais un indice ! Reginald Parker était un de vos clients ? Ça ne m'étonnerait pas. Un homme assez stupide pour vous engager ne peut que mal finir.

— Non, inspecteur, ai-je insisté. Je vous l'ai dit, nous n'avons jamais vu ce Reginald Parker.

— Comment peux-tu l'affirmer ? On ne t'a pas encore montré sa photo.

Boyle a rouvert le tiroir pour sortir un cliché en noir et blanc.

Il est très facile de savoir quand la police a pris la photo de quelqu'un après sa mort. Les gens ne sourient pas à l'objectif. Ils ne font rien. Et le noir et blanc leur va bien car ils ont déjà perdu leurs couleurs. Le cliché montrait un homme petit et gros, avec des cheveux bouclés, gisant sur le dos au milieu d'une chambre en désordre. J'ai sursauté. Je connaissais cet homme. Je l'avais entrevu brièvement, mais je n'étais pas près d'oublier son visage.

Reginald Parker était l'individu qui avait tenté de tuer Minerva du haut de la terrasse de Regent's Street.

— Il y avait une arme dans sa chambre ? ai-je demandé.

— Non, a répondu Snape. Je viens de te dire qu'on l'a étranglé.

— Et avez-vous trouvé des glands de chêne

argentés ? Ou quelque chose se rapportant au chêne ?

Boyle s'est penché par-dessus la table et m'a saisi par le col. Mes pieds ont quitté le sol. Un de mes boutons de chemise a giclé.

— Tu te paies notre tête ? a grogné Boyle.

— Non ! J'essaie de vous aider. J'ai rencontré cet homme. Mais je ne connaissais pas son nom.

Boyle, sans me lâcher, s'est tourné vers Snape :

— Vous voulez que je le branche sur la batterie, chef ?

— Certainement pas ! (Snape a pris l'air offusqué.) De toute façon, il nous dira tout ce qu'il sait.

— Je sais, chef. Mais ça irait plus vite.

— Pose-le par terre.

Boyle semblait au bord des larmes, mais il m'a remis sur ma chaise. Je leur ai expliqué ce qui s'était passé depuis la visite de Jake Hammill dans notre bureau. L'entrevue à l'hôtel, les événements de Regent's Street. Snape hochait la tête. Il avait dû voir Tim au journal télévisé.

— Tu es certain que c'était Parker qui se trouvait sur le toit ?

— C'est le même visage.

— Et, à ton avis, il était membre de cette association des jeunes obèses d'Amérique ? L'O.A.K. ?

— En tout cas, il était gros.

— Mais, autant qu'on sache, il n'était pas américain.

— Il a peut-être vécu aux États-Unis dans son enfance.

— On vérifiera.

— Est-ce que cela veut dire que vous nous laissez partir ? a demandé Tim en se levant.

— Pas si vite, Diamant !

— D'accord. Tim s'est rassis, puis relevé plus lentement.

Snape l'a foudroyé du regard.

— Je vous reverrai bientôt, tous les deux !

— Ouais, et moi je vous attends avec ça, a renchéri Boyle en brandissant l'un des contacts électriques d'une main. L'autre contact était sur la table. Je le lui ai passé.

— Vous oubliez ça, Boyle.

Il l'a pris machinalement de l'autre main.

On entendait encore son hurlement dans le couloir et dans la rue quand on a filé en courant. C'est ça la police moderne. Elle préfère donner des chocs que les recevoir.

Le lendemain matin, au petit déjeuner, Tim était plongé dans ses pensées. Il n'a même pas tressailli quand il a retourné le paquet de céréales et n'a eu que le jouet en plastique.

— Je n'y comprends rien, a-t-il dit enfin.

— À quoi, Tim ?

— Eh bien... ce type... Archibald Porter.

— Tu veux dire Reginald Parker.

— Il a tenté de tuer Minerva et c'est lui qu'on a tué. Ça n'a aucun sens. Personne ne sait qui il était. Alors pourquoi le tuer ? Si c'était pour protéger Minerva, il suffisait de le dénoncer à la police. (Tim fronçait les sourcils. Puis son regard s'est soudain éclairci.) C'était peut-être une autre coïncidence ! Et sa mort un accident !

— C'est très rare de s'étrangler par accident, Tim.

— Oui, tu as raison. Je me demande comment il a eu ma carte de visite.

— C'est ce que nous allons découvrir...

Par chance, Snape nous avait indiqué l'adresse de Parker. Sitôt le petit déjeuner terminé, nous avons vérifié dans le plan de Tim : *Londres de A à Z* – en fait, c'était de A à Q car il l'avait acheté en solde. Un bus nous a conduits de l'autre côté de la ville, dans une rue étroite bordée de maisons mitoyennes, non loin de l'ancienne halle aux viandes. Le numéro 27 était à peu près au milieu, et ressemblait à s'y méprendre aux numéros 25 et 29, à cette différence qu'un policier montait la garde devant, et qu'un bandeau autocollant bleu et blanc barrait la porte : *Interdit de franchir cette ligne.*

J'avoue n'avoir pas pensé que Snape laisserait un policier en sentinelle. À voir son expression, nous n'avions aucune chance de passer. S'il avait envie de s'engager dans une unité de chiens policiers, il n'aurait même pas besoin de chien. J'ai préféré l'ignorer et m'adresser directement à la maison voisine.

La propriétaire était là. Une immense et chaleureuse Caribéenne vêtue d'une robe brillamment colorée est apparue sur le seuil, les énormes jambons qui lui servaient de bras croisés devant son ample poitrine.

— Vous désirez, mes mignons ? a-t-elle tonné d'une voix sonore.

J'ai décoché un coup de coude à Tim.

— Heu... je m'appelle Tim Diamant.

— Oui ? La femme n'était guère plus avancée.

— Mon frère est détective privé, ai-je précisé. Il désire vous poser quelques questions sur votre voisin.

— Oui, c'est ça, a repris Tim. L'homme qui habite à côté. Votre voisin, donc.

— Génial, Tim, ai-je soufflé entre mes dents. Tu as trouvé ça tout seul ?

La dame s'appelait Mrs. Winterbotham et habitait au numéro 25 depuis presque autant d'années. Son mari, boucher à la halle aux viandes, était absent. Elle nous a invités à la suivre dans sa cuisine et nous a offert du thé et des biscuits à la noix de coco. Elle avait déjà tout raconté à la police mais se réjouissait de nous répéter sa petite histoire.

— Reginald était un acteur, a-t-elle expliqué en baissant la voix comme s'il risquait de nous entendre par-delà la tombe. Mais pas un très bon acteur. Pour ça non ! Il était au chômage la plupart du temps. Au mois de mai dernier, il a joué dans *La Cerisaie*. Il faisait une des cerises. Et, l'année dernière, il a donné un one man show au théâtre de la Licorne.

— Il a eu du succès ?

— Non. Un seul spectateur. (Mrs. Winterbotham a mis trois sucres dans sa tasse de thé et repris un biscuit.) C'était un brave homme. Mais, vous savez, je crois que son bégaiement le desservait dans sa carrière.

Je me suis alors souvenu que Parker avait en effet bégayé quand nous étions sur le toit. Ce n'était donc pas de peur.

— Je lui ai conseillé de se tourner plutôt vers le mime, a poursuivi Mrs. Winterbotham. Au moins, il n'aurait pas à parler. Mais, de toute façon, je ne pense pas que les gens auraient payé pour le voir. Il n'avait pas le physique. Pour être franche, j'ai vu des têtes plus séduisantes suspendues à des crochets dans la halle aux viandes.

— Quel a été son dernier engagement ?

— Eh bien... (Elle a posé son biscuit et s'est penchée vers nous d'un air de conspiratrice.) C'est ce que j'ai dit à la police. Reginald avait toujours un boulot à Noël. Il travaillait dans un grand magasin. Mais, cette année, il s'est produit un truc inhabituel. Il a touché un cachet pour une seule représentation dans le West End. Il ne m'a pas dit de quoi il s'agissait mais je sais que c'était beaucoup d'argent.

— Qui l'a payé ?

— Je ne sais pas. Mais, à mon idée, ça n'a pas dû bien marcher car, le lendemain matin, quand je l'ai vu, il avait l'air très contrarié.

— Comment le savez-vous ?

— Il pleurait.

— Vous êtes sûre que ce n'était pas des larmes de bonheur ? a dit Tim.

— Oh, non, Mr. Diamant. Reginald était vraiment malheureux. L'après-midi, quelqu'un est venu le voir. J'ai entendu des drôles de bruits et je suis sortie dans le jardin pour voir ce qui se passait. Ensuite il y a eu un grand silence. J'ai frappé à sa porte mais personne n'a répondu. Alors j'ai appelé la police.

— Une dernière question, Mrs. Winterbotham...

— Je vous en prie, appelez-moi Janey.

— Savez-vous si Reginald Parker était américain ? ai-je demandé.

— Non. Il n'a jamais mis les pieds en Amérique. En fait, il n'allait jamais nulle part. Il n'en avait pas les moyens. Il passait le plus clair de son temps devant la télé. (Elle a poussé un soupir et l'idée m'est venue qu'elle avait peut-être été l'unique amie de Parker en ce bas monde.) Et maintenant, il est mort, a-t-elle conclu. Vous voulez du gâteau à la banane ?

Nous n'avons pas pris de gâteau.

Parce que, tout à coup, avant même que Mrs. Winterbotham ait terminé sa phrase, tout est devenu clair dans mon esprit. Soudain, je me suis revu sur le toit, j'ai entendu la voix de Reginald Parker qui bégayait. J'ai songé au diablotin avec le gland et la menace de mort, et j'ai compris ce qui clochait dans la lettre que Minerva avait reçue. J'ai pensé à Regent's Street et à la balle qui avait fait un trou dans le manteau de Harold Chase. J'ai compris exactement pourquoi on avait engagé Reginald Parker, et j'ai deviné ce qui allait se passer à midi. J'ai regardé ma montre. Onze heures et cinq minutes. Il nous restait moins d'une heure.

— Tim ! Il faut foncer chez Harrod's !

— Ce n'est pas le moment de faire les courses de Noël, Nick.

— On ne va pas faire les courses. Il faut trouver Minerva.

— Pourquoi ?

Un taxi passait dans la rue. J'ai levé la main pour le héler.

— Parce qu'elle va être assassinée, Tim. Je sais comment, et par qui.

6

Le tueur au sourire

Pour atteindre Knightbridge, il fallait traverser toute la ville et, avec l'approche de Noël, la circulation était infernale. Alors que nous étions bloqués dans un embouteillage à la lisière de Hyde Park, j'entendais les minutes s'égrener. Pire, je les voyais. Le compteur du taxi défilait, sous les yeux consternés de Tim qui regardait s'envoler ce qui restait de ses honoraires.

Enfin, nous sommes arrivés à destination. Nous n'avions plus que cinq minutes devant nous et dix livres en poche. Autant dire très peu. Harrod's est un magasin gigantesque et la grotte était installée au cinquième étage. De plus, toutes les allées étaient bondées, non seulement d'acheteurs mais de policiers et de fans, venus soit protéger soit admirer Minerva. Des agents de sécurité gardaient chaque porte et une meute de photographes attendait dans la rue. On aurait pu penser que les journaux avaient eu leur dose de Minerva, mais non. Moi, en tout cas, je saturais.

Ce que personne ne savait, c'était que l'assassin se trouvait déjà à l'intérieur. Il allait lui sourire, la tuer, et elle ne réaliserait ce qui se passait... qu'une fois morte.

— Par ici, Tim !

Nous venions de dépasser le rayon des sacs à main pour dames, les produits de beauté, et l'épicerie fine. Harrod's était un immense paquet cadeau – on y achetait tous les présents imaginables. Noël avait perdu la boule : des kilomètres de guirlandes et d'étoiles scintillantes, assez de sapins pour repeupler une forêt. Comprenez-moi bien. J'adore Noël et je saute sur tous les cadeaux qui passent à ma portée, mais, en courant vers les escalators, devant les rayons ployant sur le poids des marchandises et les vendeurs au sourire radieux, je n'ai pu m'empêcher de penser que Noël était plus que cela. Ou moins, si vous voyez ce que je veux dire.

Nous avons grimpé les escalators quatre à quatre. Une étrange sensation de déjà-vu m'a saisi. Je me retrouvais soudain dans un autre grand magasin, dans un autre quartier de Londres, un an plus tôt, poursuivi par deux tueurs allemands bien décidés à ne pas me laisser fêter le Nouvel An. Mais c'était un autre temps, une autre aventure, et si vous tenez à la connaître, je crains que vous ne soyez obligés d'acheter un autre livre.

Au cinquième étage, une pancarte indiquait la grotte de Noël, *Jingle Bells* braillait dans les haut-parleurs, et une multitude de petits enfants tiraient leur maman par la main pour aller voir l'homme en rouge.

Je me suis arrêté un court instant pour reprendre mon souffle.

— J'espère que nous n'arrivons pas trop tard.

— Moi aussi, a dit Tim. Le Père Noël n'aura plus rien pour nous !

Il m'arrive parfois de me demander si Tim appartient au monde réel. Peut-être serait-il plus à son aise dans une jolie cellule blanche aux murs capitonnés. Mais ce n'était pas le moment de discuter. Quelque part dans le rayon horlogerie du magasin, des milliers de pendules devaient sonner, tinter, biper, carillonner, ou coucouter. Minerva venait à l'instant d'inaugurer la grotte. Le passage était bloqué.

Il y avait des jouets partout. De vastes châteaux de Lego, des jouets en peluche, des montagnes de puzzles et des voitures électriques qui vrombissaient en rond sur des circuits. Les enfants poussaient et tiraient dans tous les sens. Au loin, j'apercevais l'entrée en plastique vert d'une grotte en plastique vert, devant laquelle s'allongeait une file d'attente. C'était là que nous aurions dû être. Mais un agent de sécurité d'une bonne centaine de kilos, avec un corps de catcheur et un visage de boxeur à l'issue d'un combat féroce, se dressait sur notre chemin. Du moins ai-je conclu que c'était un agent de sécurité : un doute m'a effleuré car il portait un costume de lutin.

— Vous ne pouvez pas passer par là ! Retournez au bout de la queue !

J'ai ainsi eu la confirmation que c'était bien un agent de sécurité. Mais j'aurais dû m'en douter : vous avez souvent vu des lutins armés d'une matraque ?

— Où est Minerva ? lui ai-je demandé. J'avais peur qu'il soit trop tard et cette brute en collants verts ne faisait qu'aggraver les choses.

— Avec le Père Noël, dans la grotte. Tu dois attendre ton tour si tu veux un autographe.

— Je ne veux pas d'autographe. Je veux lui sauver la vie !

Peine perdue. Autant discuter avec Rudolph, le petit renne au nez rouge (dont la version mécanique se dressait à côté de la grotte). Il fallait que j'arrête de m'arracher les cheveux. J'attendais un coup de feu d'une seconde à l'autre et j'étais là, à parlementer avec un lutin. J'ai songé un instant à essayer de l'amadouer avec un jouet en peluche – ou bien de l'assommer avec. C'est alors que j'ai aperçu l'inspecteur-chef Snape, la mine lugubre, à côté de l'inspecteur Boyle, tous deux cernés par des poupées Barbie.

J'ai crié : « Snape ! », et j'ai couru vers eux sans laisser le temps à l'agent de sécurité de réagir.

— Qu'est-ce que tu fabriques ici, Diamant ? a grogné le policier en me voyant.

Boyle a retroussé sa lèvre dans une grimace hideuse – ce qui, dans son cas, n'était pas difficile —, et il a bondi sur moi.

— Ne vous inquiétez pas, Boyle ! Je ne suis pas venu voler votre poupée.

— Alors pourquoi es-tu venu ? a insisté Snape.

— Pour Minerva. Elle est en danger.

— Je sais qu'elle est en danger ! Boyle et moi sommes ici en mission spéciale pour veiller sur elle.

— Vous ne comprenez pas...

Comment leur dire ce que je savais ? Le temps pressait et, avec le vacarme ambiant (les cris des enfants, la musique, Rudolph qui chantait, et tout le reste), je n'aurais plus de voix avant d'avoir terminé. Par chance, Minerva est soudain apparue, sortant de la grotte avec son manager, Jake Hammill. Aucune trace de son mari. Ce qui ne m'étonnait pas.

J'ai échappé à la poigne de Boyle et couru vers elle, Tim sur mes talons. Comme à son habitude, Minerva était d'une beauté fatale, moulée dans un fourreau argenté. Malgré tout, j'étais content d'être arrivé avant qu'elle n'ait succombé à la fatalité. Elle tenait dans les mains un cadeau, de la taille et de la forme d'une boîte de chaussures, que lui avait sans doute offert le Père Noël.

— Toi ! s'est-elle écriée en m'apercevant. À moins que ce mot ne signifie « Joyeux Noël » en grec, elle n'était pas ravie de me voir.

Je me suis planté devant elle, les yeux fixés sur la boîte. Je ne voulais pas y toucher. Pour être franc, je n'avais même aucune envie de me trouver à côté. J'avais une petite idée de son contenu.

— C'est le Père Noël qui vous a donné ça ?

— Oui.

— Vous savez ce que c'est ?

Minerva a haussé les épaules. Elle s'en moquait. Seule la publicité l'intéressait.

— Moi, je crois que c'est une pendule, a dit Tim.

— Pourquoi ?

— J'entends un tic-tac.

Snape s'est approché et a pris la boîte.

— Que se passe-t-il, ici ?

— Commissaire, à votre place je serais très prudent, ai-je dit, la gorge subitement sèche. À moins que vous ne vouliez passer Noël dans plusieurs quartiers de Londres à la fois.

— De quoi parles-tu ? est intervenu Jake Hammill.

— Il y a probablement une ou deux feuilles de chêne et peut-être quelques glands dans cette boîte. Mais je vous parie ce que vous voulez que le reste est une bombe.

Il se peut que j'ai prononcé ce mot un peu trop fort. Soudain, la foule a compris ce qui se passait, et tout l'étage s'est rempli de mères hystériques traînant leurs enfants hurlants vers l'escalator le plus proche. Tant pis. L'important pour moi était que Snape m'ait cru. Il faut lui rendre justice, pour une fois il m'a accordé le bénéfice du doute. Très lentement, il a posé la boîte sur le sol, puis il s'est tourné vers Boyle pour demander :

— Tu as un couteau ?

Boyle a plongé les mains dans ses poches et en a sorti un rasoir à main, puis une baïonnette, et enfin un cran d'arrêt. Il a pressé le bouton et une lame de dix centimètres de vilain acier a jailli, prête à participer à la joyeuse ambiance de Noël. Snape s'est saisi du couteau et, avec une infinie prudence, a découpé un carré sur le côté de la boîte pour regarder à l'intérieur.

— Il a raison ! a-t-il conclu.

Snape n'avait pas besoin de me le dire. Pardessus son épaule, je venais d'apercevoir un coin de pendulette et quelques fils reliés à ce qui ressemblait à de la pâte à modeler, mais n'en était pas.

— Du plastique explosif, a murmuré Snape. Relié à un réveil. Il explosera quand la sonnerie se déclenchera. (Il a de nouveau regardé par le carré découpé dans le carton, puis, tout doucement, il a remis la boîte à son adjoint.) La sonnerie est réglée dans quarante minutes, Boyle. Tu ferais mieux d'emporter ça à l'équipe de déminage.

— Où ?

— C'est à une quarantaine de minutes en voiture.

Boyle a ouvert des yeux ronds.

— Essaie de trouver un raccourci, lui a conseillé Snape.

Boyle a disparu... en vitesse. Snape s'est tourné vers moi.

— Si tu m'expliquais ?

— Le Père Noël vient juste de me donner cette boîte, a hoqueté Minerva.

— C'est que vous avez été très vilaine, alors, a dit Tim.

— Ce n'est pas le Père Noël ! ai-je crié. Venez...

Tous les cinq – Minerva, Jake Hammill, Snape, Tim et moi – avons plongé dans la grotte. Du coin de l'œil, j'ai vu un agent de sécurité parler dans un talkie-walkie, sans doute pour réclamer des renforts. Il n'y avait plus personne d'autre au cinquième étage – et sans doute dans le quartier. La fausse neige en plastique crissait sous nos pas. Des stalactites en plastique blanc pointaient du plafond et des stalagmites en plastique blanc pointaient du sol – à moins que ce ne soit l'inverse, je ne m'en souviens jamais. Nous avons dépassé deux autres rennes mécaniques et sommes arrivés juste à temps pour apercevoir une familière silhouette rouge sur le point de franchir l'issue de secours.

J'ai crié :

— Ne bougez plus, Père Noël !

Il s'est figé et s'est retourné lentement.

— Mais c'est... c'est... c'est... ! a bredouillé Tim.

Il n'en avait pas la moindre idée et, avec la capuche rouge, la barbe blanche et les lunettes à monture dorée, je ne pouvais guère le blâmer. Sa propre mère ne l'aurait pas reconnu. Sa propre femme ne l'avait pas reconnu.

Je me suis approché du Père Noël et lui ai tiré la barbe.

— Harold ! s'est exclamée Minerva.

— Harold ? a murmuré Jake Hammill d'une voix chevrotante.

— Eh oui, ai-je dit. Harold Chase.

Il n'y avait aucun doute. Le vieux mari de Minerva a abaissé sa capuche, dévoilant la totalité de son visage, ses cheveux argentés et son sonotone. Il avait recouvert son éternel bronzage de maquillage, mais il ne pouvait masquer la haine dans le regard qu'il posait sur sa femme.

Snape s'est avancé.

— Vous venez de remettre une bombe à Minerva.

Chase n'a pas répondu.

— C'est un cadeau original, m'a chuchoté Tim.

— Pas exactement, Tim. Il essayait de la tuer.

C'est ce dernier mot, tuer, qui a tout déclenché. La bombe était partie, mais c'est Harold qui a explosé :

— Je la hais ! Vous n'imaginez pas ce que c'est de vivre avec Minerva ! Je sais pourquoi elle m'a épousé. Elle voulait mon argent ! Mais maintenant qu'elle est riche et célèbre, elle n'a plus besoin de moi. Alors elle m'humilie et me rabaisse. Elle a fait de ma vie un enfer !

Chase a avancé d'un pas vers nous. Tim a reculé de trois.

— Mais ce n'est pas le pire, a poursuivi Harold Chase. C'est une hypocrite. Elle sourit à la foule dans Regent's Street, alors qu'elle méprise tous ces gens. Elle déteste Noël. Elle m'a gâché tous mes Noëls. Pas de guirlandes, pas dc cadeaux, pas de paillettes, pas de fête. Elle m'a volé Noël. Cela seul suffisait pour que je souhaite sa mort.

Il écumait littéralement de rage et j'ai presque regretté l'absence de Boyle. Par chance, l'agent de sécurité déguisé en lutin a surgi avec deux de ses collègues. Ils ont emmené Harold, qui continuait de hurler.

Nous sommes descendus au rez-de-chaussée, dans un bar chic et feutré. C'était un endroit tranquille et nous avions beaucoup de choses àtirer au clair. Minerva a offert le champagne, j'ai pris une limonade. Il faut reconnaître qu'elle était très secouée. Son visage était livide, son regard songeur. Même sa poitrine en plaqué argent avait perdu de son éclat.

— Et maintenant, Diamant, vide ton sac ! a dit Snape en vidant son verre.

— Nick n'a rien volé, s'est interposé Tim.

— Je veux que tu me racontes tout. Comment étais-tu au courant pour Harold Chase ? Et comment as-tu deviné son plan ?

— J'ai tout compris quand nous étions chez Mrs. Winterbotham.

— La voisine ? a dit Snape d'un air dédaigneux. Je l'ai interrogée. Elle ne m'a rien dit.

— J'ai appris que Reginald Parker était un acteur au chômage, mais qu'il travaillait chaque année à Noël dans un grand magasin. Que pouvait-il y faire sinon jouer le Père Noël ? Alors toutes les pièces du puzzle se sont mises en place.

— Si tu commençais par le début ? a suggéré Jake Hammill.

— D'accord. Voilà comment je vois les choses. Harold Chase haïssait Minerva pour toutes les raisons qu'il vient de nous donner. Il a donc décidé de l'éliminer. L'ennui, c'est que c'était trop évident. Si Minerva était tuée, il serait le principal suspect. Tout le monde savait comme elle le maltraitait.

— Des tas d'hommes donneraient leur vie pour être mariés avec moi, a jeté Minerva d'un air méprisant.

— Harold était votre mari et c'est votre mort qu'il voulait. Bref, Harold ne pouvait pas vous tuer de ses mains. La police l'aurait arrêté aussitôt. Alors, il a eu une idée. Il s'est dit que le meilleur moyen de se débarrasser de vous serait de créer une personne qui n'existe pas : un admirateur fou. Il a pris le prétexte du concert que vous avez annulé, et suggéré qu'un fan déçu voulait se venger de vous.

— Tu veux dire que... c'est Harold qui a écrit la lettre anonyme ? a demandé Jake Hammill.

— Exactement. Il a même glissé exprès une faute d'orthographe. Mais j'ai tout de suite senti que ça ne collait pas. « Votre vie s'achèvera sur le pavé londonien. » Or les Américains n'emploient jamais le mot pavé. Ils parlent de bitume, d'asphalte, ou de trottoir. Jamais un jeune Américain n'aurait utilisé ce terme.

— Et le pétard ?

— Encore un autre indice. Sur le moment, j'ai trouvé ça bizarre, mais je n'ai compris que plus tard. Vous aviez enregistré Minerva à l'hôtel Porchester sous un pseudonyme, n'est-ce pas, Mr. Hammill ?

— Oui, en effet.

— Or la boîte de diablotins de Noël était adressée à son nom. L'expéditeur connaissait même le numéro de sa suite. L'envoi venait donc de l'intérieur.

— Une petite minute, a coupé Snape. Si Chase a tout manigancé, que faisait Parker sur le toit de Regent's Street ?

— Reginald Parker avait été payé par Harold Chase, ai-je expliqué. Sa voisine nous a appris qu'il avait reçu une forte somme d'argent pour un travail dans le West End. Elle pensait probablement à un engagement dans un théâtre. Mais j'imagine que Chase l'a payé pour laisser les feuilles de chêne sur le toit. Parker n'avait pas la moindre idée de ce qu'il faisait. Il n'avait pas d'arme. J'ai vu quelque chose dans sa main, mais c'était peut-être un appareil photo. Parker était innocent. C'est ce qu'il a essayé de me dire quand j'étais là-haut, avec lui. Les coups de feu ont dû le terrifier.

— Mais, alors, qui a tiré sur moi ? a demandé Minerva en se resservant du champagne. Que fêtait-elle ? Peut-être simplement le fait d'être en vie.

— Harold, lui ai-je répondu. Là aussi, c'est une supposition. Je pense qu'il a tiré deux balles à blanc d'un revolver dissimulé dans sa poche. Quand nous étions sur l'estrade, les détonations m'ont paru très proches. Il a tiré deux fois, puis il nous a montré Reginald Parker sur le toit. Car, bien sûr, il savait qu'il était là. En fait, Harold a créé l'illusion d'un tueur. Le seul problème est que les balles ont fait un trou dans son manteau. Vous vous souvenez, Minerva ? Vous avez cru qu'il avait failli être blessé. En fait, c'était lui le tireur.

— Mais je ne comprends pas ! s'est-elle exclamée. Il voulait me protéger ! C'est lui qui a suggéré d'engager un garde du corps !

— Il a fait ça pour écarter les soupçons. Et il s'est arrangé pour embaucher le plus mauvais détective privé de Londres. Une personne assez stupide pour ne pas lui mettre des bâtons dans les roues.

— Qui ça ? a demandé mon frère.

— Reprends un peu de champagne, Tim.

— Et ensuite, Chase a liquidé Parker, a conclu Snape.

— Bravo, inspecteur. Chase a choisi Parker parce qu'il savait qu'il jouait le rôle du Père Noël chez Harrod's. D'abord, il l'engage pour qu'il se montre sur le toit. Ensuite, il le liquide pour prendre sa place. La carte de visite de Tim a dû tomber de sa poche pendant la bagarre chez Parker. C'est quand vous m'avez parlé de cette carte que j'ai commencé à comprendre.

Il y a eu un long silence. Soit j'avais parlé trop longtemps, soit ils avaient bu trop vite, en tout cas la bouteille de champagne était vide. Et je n'avais pas touché à ma limonade.

Jake Hammill a mis son bras autour des épaules de Minerva.

— Je suis désolé, bébé. C'est une expérience terrible pour toi.

— Pas tant que ça, a répondu Minerva avec un haussement d'épaules. Je suis débarrassée de Harold. Cette histoire va me faire une publicité d'enfer et mon CD sera numéro 1. (Elle s'est levée. J'ai cru qu'elle allait sortir, mais elle m'a jeté un dernier regard.) Tu es très malin pour un ado mal fagoté. (Puis ses yeux ont effleuré Tim et elle a ajouté :) Quant à vous, Timothy, vous êtes un tocard.

Et elle nous a plantés là.

— Qu'a-t-elle voulu dire ? a gémi Tim.

J'ai réfléchi rapidement.

— Tokar. Ça veut dire formidable en grec.

— Ah oui ? Son regard s'est éclairé.

— Je t'assure, Tim.

Après tout, c'était bientôt Noël.

Il me reste une ou deux choses à ajouter.

Deux semaines plus tard, Tim et moi avons reçu une surprise par la poste. Cette fois, ce n'était ni une bombe, ni une facture impayée, ni une lettre à l'encre empoisonnée, mais un message de Jake Hammill. Finalement, ce n'était pas un si mauvais bougre. Nous venions de sauver sa plus célèbre cliente d'une tentative de meurtre, ce qui aurait non seulement mis fin à sa carrière à elle mais – pire – à ses pourcentages à lui. En gage de sa gratitude, il nous avait envoyé un chèque de dix mille livres. Jamais je n'oublierai l'expression de Tim découvrant le chèque. La dernière fois qu'il avait vu autant de zéros, c'était sur son carnet scolaire.

Mon frère et moi avons beaucoup discuté de l'emploi de cette somme. Bien sûr, nous allions nous offrir un copieux repas de Noël. Tim réglerait les loyers en retard et je m'achèterai enfin un uniforme neuf pour le collège – l'ancien était si taché qu'il y avait plus de taches que de tissu. Mais il nous resterait huit mille livres. Jamais nous n'avions possédé autant d'argent.

J'ai oublié qui l'a suggéré le premier, mais

nous avons décidé de rendre visite à nos parents en Australie. Nous ne les avions pas vue depuis des années et, parfois, je trouvais anormal pour un garçon de vivre loin de sa mère, de pleurer avant de s'endormir et d'être réconforté et bordé chaque soir par son frère. Ça ne m'ennuyait pas de consoler Tim, mais je pensais que cela ne nous ferait pas de mal de former de nouveau une vraie famille, au moins pour un temps.

Le lendemain, nous avons acheté des tickets d'avion pour Sydney. Nous partirions à Pâques. Je raconterai peut-être un jour ce qui nous est arrivé là-bas. Le Requin Perdu. C'est le titre que j'ai noté dans mon cahier. Une nouvelle histoire à écrire.

Quoi d'autre ? Harold Chase est allé en prison pour tentative de meurtre. Mais, vu son état physique, il n'y passerait pas de très longues années. Bien entendu, Snape a tiré toute la gloire de l'arrestation. Ils ont même mis son portrait sur la couverture du magazine mensuel de la profession : *Bonjour, bonjour, c'est la Police*. Les restes de Reginald Parker ont été dispersés dans la Tamise, devant le Théâtre National – ainsi qu'il le demandait dans son testament. Ça n'a pas dû être facile, car il n'a pas été incinéré. Et Minerva ? Son CD a peut-être été numéro 1, mais je n'y ai pas prêté attention. Je n'écoute plus jamais ses disques. Elle possédait peut-être tout, mais sans cœur, on n'est rien. Elle était comme décembre sans Noël. Alors, finalement, à quoi bon ?

À QUI LE TOUR

1

J'aime les histoires d'horreur, sauf lorsque j'y suis mêlé. Si vous avez lu mes autres aventures, vous savez que j'ai vécu des choses terribles. J'ai été jeté en prison avec un dangereux maniaque, coulé dans du ciment, enchaîné à des rails de chemin de fer, poursuivi et mitraillé dans un champ de blé, empoisonné à Paris. Et tout cela avant l'âge de quatorze ans. Ce n'est pas juste. Je fais mes devoirs. Je me brosse les dents deux fois par jour. Alors pourquoi tout le monde veut-il m'éliminer ?

Le pire qui me soit jamais arrivé a commencé un beau matin de juillet. C'était la première semaine des vacances d'été et, comme d'habitude, j'étais coincé à la maison avec mon grand frère. Tim est le détective privé le plus désastreux du monde. Il venait de travailler un mois au service de sécurité de l'ambassade américaine à Londres. Aujourd'hui encore, j'ai du mal à comprendre ce qui lui a fait croire à la présence d'une bombe dans la voiture de l'ambassadeur. Au moment où le diplomate s'apprêtait à y monter, Tim l'a attrapé à bras-le-corps pour l'écarter. Son geste aurait été héroïque s'il y avait vraiment eu une bombe – il n'y en avait pas – et si Tim n'avait jeté le diplomate sous un autobus. L'ambassadeur était maintenant à l'hôpital, et Tim au chômage.

Ce matin-là, nous étions donc attablés devant le petit déjeuner. Nick lisait le courrier et moi je comptais les corn flakes. C'était notre dernière boîte et elle devrait nous durer une semaine encore. Cela nous autorisait dix-sept pétales de corn flakes chacun. Inutile de préciser que j'avais laissé à Tim le jouet en plastique offert en cadeau. Le courrier ne comptait que des factures. Ou presque.

— Tiens, une lettre de maman, s'est exclamé Tim.

— Un chèque ?

— Non...

Il a parcouru rapidement la lettre. Mes parents vivaient toujours en Australie. J'aurais dû être avec eux si, juste avant le décollage, je ne m'étais faufilé hors de l'avion pour revenir avec Tim. Quand on y songe, c'est assez cocasse. Mon père était représentant de commerce. Il vendait des portes. Dans sa maison, à Sydney, il y avait trois chambres à coucher et quarante-sept portes. Je ne l'avais pas vu depuis deux ans.

— Maman aimerait que tu ailles les voir, Nick. Elle dit que la porte est toujours ouverte.

— Laquelle ?

Tim a pris la dernière enveloppe. Carrée et blanche. C'était un de ces jolis papiers qui coûtent la vie aux arbres les plus chers. Tim l'a soupesée d'un air songeur.

— Je me demande qui me l'envoie. C'est peut-être un mot de remerciement de l'ambassadeur des États-Unis.

— Pourquoi te remercierait-il ? Tu l'as jeté sous un autobus !

— Oui, mais je lui ai envoyé une corbeille de fruits à l'hôpital.

— Ouvre cette lettre, Tim.

Il a saisi un couteau et, d'un ample geste mélodramatique, a décacheté la mystérieuse enveloppe. Une fois qu'il eut pansé sa coupure à la jambe gauche, nous avons examiné la lettre : un bristol blanc écrit à l'encre rouge.

« Cher Herbert », commençait-elle.

Tim Diamant n'est que le pseudonyme de mon frère. Son véritable nom est Herbert Simple.

« Cher Herbert,
J'aimerais t'inviter à une réunion d'anciens élèves du lycée St. Egbert, qui aura lieu le mercredi 9 juillet. Je suis sûr que tu es très occupé mais je tiens beaucoup à ta présence et je t'offre mille livres pour te dédommager de ton voyage. Tu trouveras ci-joint un billet de train.
Ton vieil ami, RORY MCDOUGAL
(Île Crocodile, Écosse.) »

Tim a secoué l'enveloppe et un billet de train a en effet glissé sur la table.

— Fantastique ! Un billet de première classe pour l'Écosse. Aller et retour !

— Du calme, Tim. Qui est ce Rory McDougal ?

Ce nom me paraissait vaguement familier.

— Nous étions dans la même classe. Rory était toujours premier en maths. Tellement intelligent qu'il réussissait tous ses examens sans même lire les questions. À la fin de ses études, il a inventé la calculatrice de poche. Ça lui a été très utile pour compter tout l'argent qu'il a gagné.

— Les industries McDougal. Bien sûr !

Voilà pourquoi ce nom m'évoquait quelque

chose : McDougal avait fait la une des journaux. Il était milliardaire.

— Quand l'as-tu vu pour la dernière fois ?

— Le jour de la remise des prix, il y a une dizaine d'années. Il est allé à l'université, et moi je suis entré dans la police.

Tim n'a passé qu'une année dans la police, mais, cette année-là, le taux de criminalité a doublé. Il en parlait peu mais j'ai appris qu'un portrait-robot réalisé par lui avait conduit à l'arrestation de l'archevêque de Canterbury. Tim est alors devenu détective privé et, comme on pouvait s'y attendre, il n'a pas fait fortune.

— Tu comptes aller en Écosse, Tim ?

Il a lancé un corn flake en direction de sa bouche. Il a disparu derrière son épaule.

— Bien sûr que je vais y aller ! Peut-être McDoggy va-t-il me proposer du travail. Chef de la sécurité sur l'île Alligator !

— L'île Crocodile, Tim, ai-je rectifié. Et moi ?

— Désolé, petit frère. Ton nom n'est pas sur l'enveloppe.

— Peut-être sous le timbre. Tim, tu ne peux pas me laisser seul.

— Pourquoi pas ?

— Je n'ai que quatorze ans. La loi l'interdit.

Tim s'est renfrogné.

— Je ne dirai rien.

— Moi, je le dirai.

— Je t'en prie, Nick. McRudel est mon camarade de classe. C'est mon nom qui est inscrit sur l'enveloppe. J'irai seul.

Le train a quitté la gare de King's Cross le matin du 9 juillet. Tim était assis près de la fenêtre, l'air boudeur, et moi en face de lui. J'avais fini par le convaincre de troquer le billet de première classe contre deux billets de seconde, ce qui me permettait de voyager à l'œil. Vous trouverez peut-être bizarre que j'ai insisté pour faire ce voyage, mais quelque chose dans l'invitation m'intriguait. Pourquoi donner mille livres pour prendre un train ? J'avais le vague pressentiment qu'il s'agissait d'autre chose que d'une simple réunion d'anciens élèves. D'ailleurs, pourquoi une personne saine d'esprit souhaiterait-elle revoir Tim ?

Et puis j'étais curieux. On ne rencontre pas tous les jours un Rory McDougal. Apparemment, il vivait en reclus. Il y a quelques années, il s'était acheté une île pour être tranquille. L'île était longue et étroite, avec deux bras qui pointaient d'un côté et une queue de l'autre. D'où son nom.

Il nous a fallu quatre heures pour atteindre l'Écosse, et une autre pour qu'on s'en aperçoive. Rien ne l'indiquait : ni panneau, ni bonhomme en kilt jouant de la cornemuse ou mangeant de la panse de brebis farcie. Je ne l'ai deviné que lorsque le contrôleur est passé vérifier les billets et que Tim n'a pas compris un mot de ce qu'il disait. Quelques minutes plus tard, le train a ralenti et Tim est descendu. Personnellement, j'ai préféré attendre que le train s'immobilise, mais je suppose qu'il était surexcité.

Par chance, il n'a eu que quelques contusions et nous avons pu aller à pied jusqu'au port où un vieux bateau de pêche nous attendait. Le bateau s'appelait le *Médaille d'Argent*. Un petit groupe s'apprêtait à monter à bord.

— Ça alors ! s'est exclamé quelqu'un. Mais c'est Herbert Simple !

Celui qui avait parlé était un homme gros et chauve, vêtu d'un costume trois-pièces. S'il continuait de manger, c'est un costume quatre-pièces qu'il aurait. Son pantalon montrait des signes menaçants de tension. J'allais bientôt l'apprendre, l'homme s'appelait Eric Draper, avocat de son métier.

Tim a souri.

— J'ai changé de nom. Maintenant, je m'appelle Tim Diamant.

Ça les a tous fait rire. J'ai remarqué que personne n'avait pris la peine de me présenter.

— Alors... Tim, qu'es-tu devenu ? a demandé une femme à la voix haut perchée.

Elle avait des lunettes, des cheveux longs et bouclés, et des dents tellement grandes qu'elle les cachait en parlant du nez. Elle s'appelait Janet Rhodes.

Tim a voulu prendre son air de dur, mais on aurait plutôt dit qu'il avait le mal de mer, et il a déclaré d'une voix traînante :

— Je suis détective privé.

— Sans blague ? s'est esclaffé Eric, avec un rire énorme qui a fait sauter un de ses boutons de gilet. Je n'en reviens pas que Rory t'ait invité. Si je me souviens bien, tu étais le garçon le plus stupide de St. Egbert. Je me rappelle encore ta prestation dans le rôle de Hamlet, dans la pièce montée par l'école.

— Qu'y avait-il de stupide là-dedans ? ai-je demandé.

— Rien. Sauf qu'on jouait Macbeth.

L'une des autres femmes s'est avancée. Petite, terne, elle portait un manteau gris souris qui avait connu des jours meilleurs. Elle grignotait un carré de chocolat.

— Bonjour... Tim. Je parie que tu ne te souviens pas de moi.

— Bien sûr que si ! Tu es Lisa Beach.

— Non. Sylvie Binns, a-t-elle corrigé. C'est toi

qui m'as donné mon premier baiser, derrière le hangar à vélos...

Tim a froncé les sourcils.

— Je me rappelle le hangar à vélos, mais...

Une pétarade a jailli du bateau et le capitaine a surgi de la cabine. Unijambiste, borgne et barbu, il ne lui manquait qu'un perroquet sur l'épaule pour jouer un pirate dans une pantomime.

— Tout le monde à bord ! a-t-il rugi. Cap sur l'île Crocodile !

Le bateau était vieux et malodorant. Comme le capitaine. Notre groupe s'est massé sur le pont pendant qu'il levait l'ancre. Quelques minutes plus tard nous avons quitté le port. Le moteur vibrait et rugissait comme s'il allait se détacher de la coque. Ce rafiot convenait mal à un milliardaire, mais personne n'a fait de commentaire.

Outre Eric, Janet et Sylvie, il y avait trois autres anciens élèves à bord : deux femmes et un homme, un Noir à l'allure sportive, en jean et sweat-shirt.

— C'est Mark Tyler, m'a soufflé Tim. Il était toujours premier en gym.

Son nom ne m'était pas inconnu. Tyler avait fait partie de l'équipe d'Angleterre aux jeux Olympiques d'Atlanta.

— Mark venait au lycée en courant, a poursuivi Tim. Il était si rapide qu'il doublait le bus scolaire.

La traversée a duré environ une heure. La côte écossaise n'était plus qu'une traînée grisâtre derrière nous. Peu à peu, l'île Crocodile rampait vers nous. D'environ sept cents mètres de long, elle s'élevait d'un côté, avec des falaises qui plongeaient à pic dans la mer. Six pitons rocheux rendaient l'accostage impossible. Mais, de l'autre côté, dans l'abri d'une patte du crocodile, on avait construit une jetée. Quand le bateau s'en est approché, j'ai aperçu une caméra de surveillance.

— Nous voici arrivés, a tonné le capitaine. Je reviendrai vous chercher dans trois ou quatre jours. Au fait, je m'appelle le capitaine Randle. Horatio Randle. J'ai été ravi de vous avoir à mon bord.

— Vous ne venez pas avec nous ? a demandé Eric.

— Je n'ai pas été invité. Mais je viendrai vous chercher.

Nous sommes descendus à quai et le bateau a repris la direction de la côte écossaise.

— Où est ce bon vieux Rory ? a demandé Brenda.

— Nous devrions marcher jusqu'à la maison, a suggéré Sylvie.

— C'est gai ! a grommelé Eric.

À le regarder, il ne devait pas souvent se déplacer à pied.

— Allons-y ! Une, deux ! Une, deux ! a lancé Janet.

Apparemment elle était coiffeuse. Ses cheveux dansaient dans le vent.

Nous avons donc marché. Sylvie appelait cela une maison, mais c'était un château que Rory s'était offert. Tout en briques rouges, la vaste bâtisse était dotée de tours, de créneaux, et même de gargouilles qui jetaient alentour des regards malveillants. La porte d'entrée en chêne était aussi épaisse qu'un arbre, et à peu près aussi accueillante.

— Vous croyez qu'il faut frapper ? a marmonné Tim.

— Pas question ! s'est récrié Eric.

Il a poussé un battant, et la lourde porte s'est ouverte.

Nous avons débouché dans un hall immense, avec des têtes d'animaux sur les murs et un feu endiablé dans la cheminée. Le carillon d'une horloge de grand-mère a sonné quatre fois. J'ai consulté ma montre : trois heures dix. Je commençais à me sentir mal à l'aise. Hormis le craquement des bûches dans la cheminée, la maison était silencieuse. Elle semblait vide. Pas de Rory, pas de Mrs Rory, pas de majordome, pas de cuisinière. Seulement nous.

— Apparemment-il-n'y-a-personne-ici, a dit Mark.

Du moins je pense que c'est ce qu'il a dit. Il parlait tellement vite que les phrases paraissaient sortir de sa bouche en un seul mot.

— C'est ridicule ! s'est emporté Eric. Je propose qu'on se sépare pour essayer de trouver Rory. Il est peut-être à l'étage.

Nous sommes donc partis dans des directions différentes.

C'est seulement une fois à l'intérieur de la maison que j'ai pris conscience de ses dimensions. Il y avait cinq escaliers, des portes partout, et davantage de meubles que dans un grand magasin. Rory semblait avoir une affection particulière pour les armes anciennes. En quelques minutes à peine j'avais aperçu des arbalètes, des mousquets, des pistolets à silex, disposés sur des panneaux de bois. Au premier étage, un ours empaillé brandissait un fusil du XVIIe siècle. À l'angle d'un couloir, une armure argentée montait la garde : un chevalier avec un bouclier, mais sans épée.

— Je n'aime pas ça, ai-je dit.

— Pourtant c'est une belle armure, a répondu mon frère.

— Je te parle de cette île. Pourquoi n'y a-t-il personne pour nous accueillir ?

— S'il y avait un truc bizarre, petit, mon flair me le dirait, or je ne sens rien...

À cet instant, un hurlement a retenti. C'était Brenda.

— On dirait du Mozart ! s'est exclamé Tim. C'est gentil à Brenda de chanter pour nous.

— Ce n'est pas Mozart, Tim. C'est un cri de terreur ! Vite !

Nous nous sommes élancés dans le couloir. Brenda était là, debout devant une chambre dont la porte était ouverte. Son visage était livide. Libby et Sylvie ont surgi, venant de l'escalier. Eric aussi était là. Il poussait les autres pour voir ce qui se passait. J'ai atteint la porte avant Tim, et j'ai regardé dans la chambre.

Il y avait du sang partout. Ça me rappelait les guerres napoléoniennes, que je venais d'étudier en classe. Du sang sur les murs, sur le tapis, sur le lit. Il y avait même du sang sur le sang.

Et il y avait Rory McDougal. À côté de lui reposait l'épée que l'on avait sans doute subtilisée à l'armure du couloir.

Brenda s'est remise à hurler.

Eric a reculé d'un pas, bouche bée.

Libby a éclaté en sanglots.

Et Tim, bien sûr, s'est évanoui.

Nous étions huit, pris au piège sur l'île Crocodile. Pas de doute, notre petite réunion amicale débutait assez mal.

2

— C'était horrible, a grommelé Tim. Rory McCodal... découpé en morceaux.

— Je ne veux pas en entendre parler, Tim.

Peine perdue. Cela faisait vingt fois qu'il me le répétait.

— Quel genre d'individu peut commettre une telle horreur ?

— Un fou dangereux, je suppose.

Nous étions assis dans notre chambre. Nous savions que c'était celle que Rory McDougal nous avait assignée car le nom de Tim figurait sur la porte. Il y en avait sept au même étage, chacune marquée du nom d'un des invités. Celle-ci était carrée, haute de plafond, avec une fenêtre ouvrant sur un balcon qui dominait une mer grise et agitée. Il y avait un lit à baldaquin et un papier mural à vous donner des cauchemars. Un détail m'a alerté.

— Regarde, Tim, il y a une prise de téléphone, mais pas de téléphone.

— L'occupant précédent a dû le voler !

— J'en doute. Je crois plutôt qu'on a ôté l'appareil pour nous empêcher de téléphoner.

— Mais dans quel but ?

— Pour éviter qu'on prévienne la police de la mort de Rory.

Tim s'est mis à réfléchir.

— Tu veux dire que... quelqu'un était au courant de notre venue ?

— Exactement. Et ce quelqu'un savait aussi que nous serions bloqués ici. Tout du moins jusqu'au retour du bateau.

C'était une vilaine pensée. Je commençais à en avoir des tas de ce genre, la pire étant bien sûr qu'un assassin avait tué Rory McDougal. Mais l'avait-on tué avant, ou après notre arrivée sur l'île ? Et, si c'était après, avait-il été tué par quelqu'un de notre groupe ?

J'ai regardé ma montre. Sept heures moins dix. Nous avons quitté la chambre pour regagner le rez-de-chaussée.

Eric Draper avait proposé une réunion dans

la salle à manger à sept heures. J'ignore qui l'avait désigné comme meneur ; je suppose qu'il s'était désigné lui-même.

— Au lycée, Eric était chef de classe, m'a expliqué Tim. Il commandait toujours. Même les professeurs lui obéissaient.

— Et Rory, quel genre de garçon était-il ?

— Eh bien..., il était... jeune.

— Très instructif, Tim. Je veux dire, était-il aimé ?

— Oui. Sauf quand il a eu sa dispute avec Libby Goldman. Il avait essayé de l'embrasser et elle s'est défendue avec sa pompe à bicyclette.

Libby, justement, était seule dans la salle à manger. L'animatrice de télévision était assise sur une chaise, à l'extrémité d'une longue table en bois verni et sombre qui occupait presque toute la longueur de la pièce.

Libby a levé les yeux sur nous. Ils étaient rouges. Soit elle avait pleuré, soit elle avait le rhume des foins.

— Qu'allons-nous faire ? a gémi Libby. C'est horrible ! Je savais que je ne devais pas accepter cette invitation de Rory !

— Alors pourquoi êtes-vous venue ? ai-je demandé.

— Eh bien..., c'est un homme intéressant. Et

riche. Je pensais qu'il pourrait venir à mon émission *Le salon de Libby*.

— Je la regarde ! s'est exclamé Tim.

— Mais... c'est une émission pour les enfants.

Tim a rougi.

— En fait, j'ai dû la voir une fois.

— Moi, je n'en ai jamais entendu parler, ai-je dit à mi-voix.

Les yeux de Libby sont devenus encore plus rouges.

À ce moment, Janet Rhodes, Mark Tyler et Brenda Blake nous ont rejoints.

— J'ai essayé de téléphoner avec mon mobile, a annoncé Janet. Mais je n'arrive pas à capter le réseau.

— Moi non plus, a dit Mark, avec son débit ultrarapide.

— Il n'y a pas de téléphone dans ma chambre, a dit Janet.

— Dans aucune chambre ! s'est exclamée la chanteuse d'opéra.

Elle était pâle et visiblement effrayée. Rien de plus normal puisque c'était elle qui avait découvert le corps. Elle ne risquait pas de chanter avant plusieurs mois. Elle paraissait avoir diminué de volume.

Quelque part, une horloge a sonné sept heures, et Eric Draper est entré dans la salle à manger de son pas lourd et pataud.

— Nous sommes tous là ?

— Moi, oui ! a clamé Tim, toujours aussi pertinent.

— Je crois qu'il manque quelqu'un, ai-je remarqué.

Eric Draper a rapidement compté les têtes. Au moins, toutes les personnes présentes avaient encore la leur.

— Sylvie n'est pas encore là.

— Elle n'a jamais été ponctuelle, a murmuré Janet. Je n'ai jamais compris comment elle pouvait être première en chimie. Elle arrivait toujours en retard en classe.

— Je l'ai aperçue dans sa chambre il y a quelques minutes, a dit Mark. Elle semblait très déprimée.

— Moi aussi je suis déprimé ! s'est énervé Eric. Tant pis, commençons sans elle.

Il s'est éclairci la voix, comme un avocat devant des jurés.

— De toute évidence, nous sommes dans une situation délicate. Si nous ne trouvons pas un autre bateau pour regagner la côte écossaise, nous sommes bloqués ici jusqu'à ce que le capitaine Randle revienne nous chercher. La seule bonne nouvelle est que nous ne manquons pas de nourriture. Nous devrions être bien...

— À moins que le tueur ne frappe à nouveau, ai-je fait observer.

Tous les regards se sont braqués sur moi.

— Qui es-tu ? a demandé Eric.

Enfin ils me remarquaient. C'était gentil de leur part.

— Je suis Nick Diamant.

— Mon frère, a précisé Tim.

— Rory t'a invité ? a questionné Mark.

— Pas exactement. Il a invité Tim, et Tim ne pouvait pas me laisser seul à la maison. Alors je l'ai accompagné.

Eric a froncé les sourcils. Ça lui allait bien.

— Cet endroit n'est pas fait pour les enfants.

— Très juste. Mais je suis bloqué ici avec vous et il me semble que nous sommes tous tombés dans le même piège. Supposez que le meurtrier soit aussi ici.

— Impossible, a gémi Brenda.

Mais elle ne le croyait pas elle-même.

— Peut-être que Rory n'a pas été assassiné, a suggéré Tim. Peut-être était-ce un accident.

— Tu veux dire que quelqu'un l'a accidentellement découpé en morceaux ? ai-je ironisé.

Janet a jeté un regard nerveux vers la porte.

Le regard d'une coiffeuse qui a raté une permanente.

Personne n'a dit un mot. Puis tout le monde s'est précipité vers la porte comme un seul homme. Et dans l'escalier. La chambre de Sylvie était à peu près à mi-parcours du couloir, à deux portes de la nôtre. Elle était fermée. Tim a frappé. Pas de réponse.

— Elle s'est peut-être endormie, a dit mon frère.

— Ouvre la porte, Tim.

Il a ouvert. La chambre de Sylvie était similaire à la nôtre mais avec un mobilier plus moderne. Sa valise, fermée, était posée près du mur. Tandis que mon regard se portait vers elle, j'ai remarqué une torsade argentée au milieu du tapis jaune.

Sylvie gisait sur le dos, un bras levé. Quand je l'avais vue pour la première fois, je l'avais trouvée petite et silencieuse. Maintenant elle était encore plus petite et réduite à jamais au silence. Mark m'a poussé pour entrer dans la pièce.

— Est-elle...

— Oui, a dit Tim. Elle est endormie.

— Je ne crois pas, Tim, ai-je soufflé à mon frère.

Eric s'est avancé vers Sylvie et lui a saisi le poignet de deux doigts boudinés.

— Pas de pouls, a-t-il constaté.

Puis il s'est penché sur elle, et a ajouté :

— Elle ne respire plus.

Tim a ouvert la bouche, l'air médusé.

— Tu crois qu'elle est malade ?

— Elle est morte, Tim.

Deux meurtres en une journée ! Et ce n'était même pas encore l'heure de se coucher !

Libby a éclaté en sanglots. Cela devenait une habitude. Heureusement, Brenda ne s'est pas mise à hurler. De si près, mes tympans n'y auraient pas résisté.

— Qu'allons-nous faire ? a demandé quelqu'un.

Peu importe qui avait posé cette question. De toute façon je n'avais pas l'ombre d'une réponse.

— C'est peut-être une crise cardiaque, a suggéré Tim. Causée par le choc de la mort de Rory...

L'obscurité était tombée sur l'île Crocodile. Elle avait glissé à la surface de la mer et enveloppé la maison. De temps à autre, la pleine lune surgissait derrière les nuages et les vagues ondoyaient, argentées, avant de disparaître à nouveau dans un noir d'encre. Tim et moi étions assis sur le lit à baldaquin que nous allions devoir partager. De vrais petits princes.

Sylvie avait eu une crise cardiaque. Était morte de peur. Avait attrapé un mauvais rhume. Tout le monde y allait de sa petite idée. Moi, j'avais la mienne. Je me souvenais de la torsade argentée sur le tapis.

— Tim, que peux-tu me dire de Sylvie Binns ?

— Pas grand-chose. Elle était bonne en chimie.

— Ça, je le sais déjà.

— Elle sortait avec Mark. Tout le monde pensait qu'ils allaient se marier, mais elle a rencontré un autre garçon. Mark est parti faire le tour d'Angleterre en courant pour l'oublier.

Mark Tyler était la dernière personne à avoir vu Sylvie vivante. Je me demandais s'il l'avait vraiment oubliée. Ou pardonnée.

— Elle était peut-être malade avant d'arriver sur l'île, a dit Tim.

— Moi, je crois plutôt qu'elle a été empoisonnée.

— Empoisonnée ?

L'image de Sylvie sur le quai, avant de monter en bateau, m'est revenue. Elle mangeait un carré de chocolat.

— Sylvie aimait les bonbons et les chocolats.

— Tu as raison, Nick. Mais oui ! Elle adorait le chocolat. Je me souviens même que Mark, quand il sortait avec elle, l'avait emmenée visiter une chocolaterie.

Tim s'est tu, perplexe, puis il a ajouté :

— Mais quel rapport avec sa mort ?

— Il y avait un morceau de papier argenté sur le sol de sa chambre. Probablement un papier de bonbon ou de chocolat. Tu ne comprends pas ? Quelqu'un savait qu'elle ne pouvait pas résister au chocolat, et en a mis un dans sa chambre. Peut-être sous son oreiller.

— Et pas du chocolat aux amandes.

— Non. Plutôt au cyanure.

Nous nous sommes couchés. Tim voulait laisser la lumière allumée. J'ai attendu qu'il se soit endormi – à peine quelques minutes – et j'ai éteint. J'avais besoin de réfléchir. Sylvie avait mangé du chocolat empoisonné. J'en étais certain. Mais l'assassin le lui avait-il donné, ou l'avait-il mis dans sa chambre ? Dans la seconde hypothèse, le chocolat avait pu être déposé avant notre arrivée. Mais si, au contraire, elle l'avait reçu directement, l'assassin était encore sur l'île. Peut-être même dans la maison.

Tout à coup, j'ai surpris un mouvement derrière la fenêtre. J'ai d'abord cru avoir rêvé, mais, en me redressant, j'ai de nouveau aperçu quelque chose. Il y avait quelqu'un ! Comment était-ce possible ? Nous étions au premier étage. Puis je me suis rappelé qu'un balcon courait tout le long de la façade, reliant les chambres entre elles.

Le mouvement a repris. J'étais paralysé. Un visage me fixait, une tête hideuse, avec des trous à la place des yeux, et un sourire de macchabée qui luisait dans le clair de lune. Je ne m'effraie pas facilement, pourtant j'avoue que j'étais pétrifié. Incapable de bouger. Je m'étonne même de n'avoir pas mouillé le lit.

Le crâne se dressait. Je ne distinguais pas de corps. Il devait être enveloppé de noir. « C'est un masque, me suis-je dit. Quelqu'un essaie de te faire peur avec un masque de carnaval. » J'ai réussi à ravaler ma frayeur. J'ai rejeté les couvertures et sauté du lit. Tim s'est réveillé.

— Le petit déjeuner est prêt ?

Je n'ai rien dit. Je fonçais déjà vers la fenêtre. Mais, à cet instant, la lune s'est cachée derrière un nuage et l'obscurité a tout englouti. Le temps d'ouvrir la fenêtre, l'homme – ou la femme – avait disparu.

— Qu'y a-t-il, Nick ? a demandé Tim.

Je ne lui ai pas répondu. Apparemment, celui ou celle qui avait tué Rory McDougal et Sylvie Binns se trouvait encore sur l'île.

Et une question me hantait : qui serait la prochaine victime ?

3

Nous étions assis dans la cuisine devant un plat fumant d'œufs brouillés que personne n'avait envie de manger. Libby tétait une cigarette. Eric était encore en peignoir, une sorte de kimono épais et rouge avec ses initiales *ED* brodées sur la poche. Mark portait un costume sombre. Dans un angle du plafond, une caméra de sécurité nous faisait des clins d'œil. Pourtant personne ne se sentait en sécurité.

— D'abord Rory, ensuite Sylvie, a dit Mark. À ce train-là, nous ne serons pas très nombreux au déjeuner.

— De toute façon je n'ai pas faim, a marmonné Libby.

— Nous devons trouver un plan d'action, a

dit Eric. Mais il est inutile de commencer tant que nous ne sommes pas tous là. Où diable est passée Janet ?

— Peut-être dans son bain, a suggéré Tim.

— Dans l'eau ou dessous ? a grommelé Eric.

La petite aiguille de la pendule de la cuisine a avancé d'un cran. Neuf heures. Soudain, Mark s'est levé.

— Je monte, a-t-il annoncé.

— Tu retournes te coucher ? s'est étonné Tim.

— Je vais chercher Janet.

Il est sorti. Nous l'avons suivi en file indienne, tous plus ou moins angoissés. Mark avait pris de l'avance, franchissant les marches quatre à quatre comme les haies d'une course d'obstacles aux jeux Olympiques. Il toquait déjà à la porte de Janet quand nous sommes arrivés.

— Elle doit dormir, m'a dit Tim. Elle dort, c'est tout.

Mark a tourné la poignée. La porte s'est ouverte.

La coiffeuse dormait, en effet, mais rien ne la réveillerait jamais plus. Elle gisait sur le dos dans son lit à baldaquin. C'était un très vieux lit, un peu plus étroit que le nôtre. La peinture des quatre colonnes était écaillée et le tissu du baldaquin déchiré à un endroit. Si j'ai remarqué ces détails, c'est sans doute parce que je ne voulais pas regarder le corps. Vous allez me trouver un peu bizarre, mais les cadavres me rebutent. Quand, enfin, je me suis décidé à poser les yeux sur Janet, j'ai eu un sacré choc.

L'assassin n'avait pas utilisé un poignard. Quelque chose saillait de la poitrine de Janet. On aurait dit une fusée argentée. Peu à peu j'ai compris de quoi il s'agissait : incroyable mais vrai. Janet Rhodes avait été poignardée avec un modèle réduit de la tour Eiffel.

— La tour Eiffel, a murmuré Tim, blanc comme du lait tourné. Quel scandale ! C'est une attraction touristique !

— Pourquoi la tour Eiffel, Tim ?

— Parce que c'est joli, Nick. Les gens adorent la visiter.

— Ce n'est pas ce que je veux dire. Pourquoi utiliser la tour Eiffel pour commettre un crime ? Peut-être le meurtrier essaie-t-il de nous faire passer un message.

— Eh bien, Janet l'a reçu, le message.

Nous étions redescendus à la cuisine. Les œufs brouillés étaient encore moins appétissants qu'auparavant. Mais cela importait peu. Personne n'avait envie d'avaler quoi que ce soit. D'ailleurs, vu la tournure des événements, on pouvait se demander si l'un de nous avalerait encore quelque chose. Nous parlions peu, ce qui ne surprendra personne. Seule Brenda a pu exprimer ce que chacun pensait en silence. Pour une fois, sa voix était rauque et éteinte.

— Avez-vous conscience que l'assassin est peut-être assis à cette table ?

— Mais il n'y a que nous ! a sursauté Tim.

— C'est précisément ce qu'elle veut dire, Tim. Le meurtrier pourrait être l'un de nous.

— Je sais que c'est l'un de nous, a insisté Brenda. Cette nuit, j'ai entendu de drôles de bruits...

— C'était sûrement Tim, ai-je dit. Il ronfle.

— Non. C'étaient des craquements de plancher.

Libby a toussoté et pris la parole :

— Je t'ai entendu ouvrir ta porte juste après minuit, Mark.

— En effet. Je suis allé aux toilettes.

Le visage de Mark s'était assombri. Il avait horreur d'être accusé.

— Tu es allé aux toilettes dans le couloir ? a demandé Tim.

— Je suis allé aux toilettes qui se trouvent de l'autre côté du couloir, en face de ma chambre.

— Ce n'est pas tout, a repris Brenda à mi-voix. J'ai vu quelque chose dans la fenêtre. Ou plutôt quelqu'un.

— Qu'y avait-il de si horrible dans cette fenêtre ? a demandé Tim.

— Pas dans la fenêtre, derrière. On aurait dit un squelette, avec un capuchon noir. C'était incroyable. J'ai d'abord cru à un cauchemar mais maintenant je n'en suis plus si sûre.

— Ce n'était pas un cauchemar, ai-je affirmé. Je l'ai vu aussi.

— Moi, je n'ai rien remarqué, a dit Tim.

— Évidemment, tu dormais. Mais Brenda a raison. C'était comme un tour de magie. Comme un lapin sorti d'un chapeau.

— Tu as aussi vu un lapin ?

Tout le monde l'a ignoré.

— N'importe lequel d'entre nous a pu monter sur le balcon, a repris Brenda. N'importe lequel d'entre nous a pu tuer Janet. Et Rory ! Et Sylvie ! Comment savoir si elle n'a pas été étranglée, empoisonnée, ou je ne sais quoi d'autre ?

— À mon avis, on l'a empoisonnée, ai-je dit.

Ils m'ont tous dévisagé. Je leur ai parlé du papier de bonbon et du goût immodéré de Sylvie pour le chocolat... Eric Draper, l'ex-chef de classe, a levé la main pour s'imposer.

— Mesdames et messieurs, gardons-nous des conclusions hâtives. Pourquoi l'un d'entre nous aurait-il voulu tuer Rory, Sylvie ou Janet ?

— Mark sortait avec Sylvie, a fait observer

Libby en regardant l'intéressé. Quand elle a rompu avec toi, Mark, tu m'as dit que tu avais eu envie de la tuer.

— C'était il y a dix ans ! a protesté Mark. D'ailleurs, toi, tu as bien failli tuer Rory avec cette pompe à vélo...

— C'est vrai ! s'est écrié Tim. Et toi, Eric, pourquoi portes-tu un peignoir marqué ED, si tu t'appelles Eric ?

Il a fallu à Eric quelques secondes avant de comprendre où Tim voulait en venir.

— Parce que ce sont mes initiales, crétin !

Il a levé les mains en signe d'apaisement.

— Écoutez, nous devons rester soudés. C'est notre seule chance. Brenda et... le petit frère de Tim ont aperçu quelqu'un cette nuit. La seule chose qu'il nous reste à faire est de retrouver cette personne.

— Formons une équipe de recherches, ai-je proposé.

— Les équipes, ce n'est pas mon fort, a maugréé Tim. Je suis un loup solitaire.

— Tu as raison, Eric, a acquiescé Libby. Il faut fouiller l'île de fond en comble.

— Et garder un œil sur chacun de nous, a ajouté Brenda.

Eric est monté s'habiller. Mark l'a accompagné. Dès cet instant, nous devions tout faire par deux. Brenda et Libby ont débarrassé la table du petit déjeuner. J'avais remarqué qu'il y avait beaucoup de boîtes de conserve dans la maison. C'était une bonne chose. Même le plus rusé des assassins ne peut empoisonner une boîte en fer-blanc. Donc nous ne mourrions pas de faim.

Tout le monde s'est retrouvé dans le hall à neuf heures et demie.

L'idée était d'inspecter toute l'île, en procédant par petits secteurs comme le fait la police qui recherche un disparu. Nous avancions à vingt mètres l'un de l'autre, sans jamais nous perdre de vue. Le soleil brillait, et pourtant je sentais un vent froid me glacer les os. Le tour de l'île nous a pris une heure. Il n'y avait manifestement personne... pas même un mouton ou une vache. Il n'y avait rien à voir non plus. Juste quelques arbres, dont nous avons fouillé les feuillages. Tim en a escaladé un pour s'assurer que personne ne se dissimulait à la cime. Et j'ai dû y grimper à mon tour pour l'aider à redescendre. Ensuite nous sommes arrivés devant des cabanes en ruine. J'y suis entré. Il y avait une caméra de surveillance fixée dans la pierre. Rory McDougal avait probablement truffé l'île de caméras.

Était-ce la raison pour laquelle je me sentais observé en permanence ?

Bientôt nous avons atteint la queue du crocodile, qui s'élevait en pente escarpée jusqu'à une plate-forme étroite, à une cinquantaine de mètres au-dessus de la mer. Six grands rochers de couleur gris acier et pointus comme des aiguilles surgissaient de l'eau, en contrebas. Je me suis penché pour regarder s'il y avait une grotte quelque part, mais les vagues se fracassaient contre le pied de la falaise. Si un tueur s'y dissimulait, il devait être sacrément mouillé.

Nous sommes revenus sur nos pas. Il n'y avait personne dehors, mais à l'intérieur de la maison ? Nous avons inspecté la bibliothèque, la salle à manger, le salon, et ainsi de suite. Nous regardions derrière les rideaux, sous les tables, à l'intérieur des cheminées. Tim a même fouillé les horloges de grand-mère. Il espérait peut-être y trouver l'ancêtre de quelqu'un. Puis nous sommes montés à l'étage pour examiner toutes les chambres. Elles étaient vides, à l'exception bien sûr des trois cadavres. Fouiller ces pièces n'était guère agréable, pourtant il a bien fallu se forcer. Je soupçonne Tim de l'avoir fait les yeux fermés.

Quant au grenier, il était vide, hormis un réservoir d'eau. Tim y a plongé la tête et je me suis promis de ne plus boire une goutte d'eau. J'ai horreur des pellicules. Nous avons fini par abandonner. Nous commencions à rebrousser chemin quand, soudain, Libby a poussé un petit cri.

— Qu'y a-t-il ? a sursauté Eric.

— Là !

Elle montrait l'extrémité du couloir, où était accrochée une photographie en noir et blanc. La photo montrait neuf adolescents, tous vêtus du même uniforme de collégien. C'est incroyable comme les gens peuvent changer en dix ans. Pourtant je les ai reconnus aussitôt : Eric Draper, Janet Rhodes, Mark Tyler, Brenda Blake, Sylvie Binns, Libby Goldman, Rory McDougal et mon frère. Tim avait les cheveux longs et des boutons. Énormément de boutons. Moi-même je ne devais pas être très reluisant quand la photo avait été prise, mais je n'avais que quatre ans.

Il y avait néanmoins un garçon inconnu, qui se tenait légèrement à l'écart. Un adolescent dégingandé, avec des cheveux bouclés et des lunettes.

— Qui est-ce ? ai-je demandé.

— Johnny ! s'est exclamée Brenda. Johnny Nadler. C'était un de mes meilleurs amis...

— Tout le monde aimait Johnny, a renchéri Libby. Je me rappelle quand cette photo a été prise. C'était le jour de la remise des prix. J'étais première en géographie et Johnny deuxième.

Je l'ai interrompue.

— Vous voulez dire que toutes les personnes figurant sur cette photo sont sur l'île, excepté Johnny Nadler ?

— Pourquoi n'a-t-il pas été invité ? a dit Mark.

— Parce que c'est lui l'assassin, a décrété Eric.

— Mais pourquoi Johnny aurait-il voulu tuer Rory ? a objecté Brenda. Ils étaient amis. Et il adorait Janet.

— Il l'a même laissée lui couper les cheveux, a dit Libby. Elle lui a entaillé l'oreille mais il n'a pas protesté. Johnny n'aurait jamais fait de mal à personne.

— Que savez-vous d'autre sur lui ? ai-je insisté.

— Il était deuxième en histoire et deuxième en géographie, s'est souvenu Eric. Il était très bon élève.

— Il aimait jouer aux avions et aux petites voitures. Tout le monde pensait qu'il deviendrait inventeur, a ajouté Mark. Mais à la sortie du lycée, il a travaillé chez Boots, le pharmacien. Je l'ai aperçu un jour...

J'ai examiné la photo de plus près. Le fait que Johnny n'ait pas été invité m'intriguait. Mais son absence faisait-elle de lui un meurtrier ? Et, si c'était le cas, où se cachait-il ? Eric a regardé sa montre. Onze heures et demie.

— Je propose de poursuivre cette petite réunion au rez-de-chaussée.

— Je voudrais d'abord me changer, a dit Brenda.

— Alors retrouvons-nous dans la salle à manger à une heure.

Chacun est parti de son côté. Grossière erreur. Nous avions décidé de ne pas nous perdre de vue. Mais comme nous venions de fouiller toute l'île, nous pensions être en sécurité. Tim et moi sommes allés dans notre chambre. Tim a gratté sa tête encore humide, l'air perplexe.

— Johnny se cache peut-être dans une chambre secrète.

— Je ne crois pas, Tim.

— Mais tu ne peux pas en être sûr.

Tim s'est mis à tapoter les cloisons de la chambre, les yeux fermés pour mieux se concentrer. Tout à coup il s'est redressé.

— Là, ça sonne creux !

— Normal, Tim. C'est la fenêtre.

Je l'ai laissé pour rejoindre les autres dans la salle à manger. J'étais à peu près à mi-chemin lorsque j'ai entendu un cri. Puis un choc sourd. Ça venait de l'extérieur. Je me suis élancé vers la porte d'entrée. Mark Tyler a surgi du coin de la maison. Il courait.

— Qu'est-ce que c'était... ?

— Ça venait de l'autre côté !

Nous nous sommes avancés lentement, sachant ce que nous allions découvrir. La porte de la cuisine s'est ouverte et Brenda est sortie. Elle était essoufflée.

Cette fois, la victime était Libby Goldman. Elle gisait sur l'herbe et n'était pas très jolie à voir. Quelque chose l'avait frappée violemment à la tête. Quelque chose qui était tombé de très haut. J'ai levé les yeux. Nous étions juste sous les créneaux. Derrière, le toit était plat. Il était facile de s'y cacher et d'attendre que l'un de nous sorte. Libby avait sans doute voulu prendre l'air avant la réunion. Les graviers ont crissé. Eric et Tim nous rejoignaient. Ils ont contemplé la scène en silence.

Je n'ai pas tout de suite reconnu l'objet qui avait été jeté du toit, droit sur la tête de Libby Goldman : un globe terrestre, comme on en trouve dans les bibliothèques. Peut-être était-il dans celle de Rory avant que l'assassin ne le transporte sur le toit.

J'ai regardé Eric. Il était bouche bée. Mark Tyler ouvrait des yeux ronds. Brenda Blake pleurait. L'un d'eux jouait la comédie. J'en étais certain. Mais qui ?

4

C'était la fin de l'après-midi. Tim et moi sommes allés faire un tour, sous prétexte de nous vider la tête. En fait je voulais être seul avec lui. Et puis je me sentais plus en sécurité loin de la maison. Je craignais que quelque chose me tombe sur le crâne. Un piano ou un modèle réduit du Taj Mahal, par exemple.

J'ai jeté un coup d'œil au morceau de papier sur lequel j'avais inscrit quelques notes :

Rory McDougal – tué avec une épée.
Sylvie Binns – empoisonnée.
Janet Rhodes – poignardée avec une tour Eiffel.
Libby Goldman – assommée avec un globe terrestre.

Il y avait dans tout cela un scénario que je ne parvenais pas à déchiffrer. Un peu d'air frais me ferait peut-être du bien.

— J'ai une idée ! s'est exclamé Tim. Je pourrais rejoindre la côte à la nage et demander du secours.

Nous étions assis sur la jetée. La mer était calme, aussi immobile que sur une photo. On discernait la côte, ruban flou à l'horizon. Le soleil tombait assez vite. Combien d'entre nous le verraient-ils se lever ?

— Non, Tim. C'est trop loin.

— Pas plus de sept kilomètres.

— Tu ne sais pas nager.

— Ah oui, c'est vrai. J'oubliais. Mais toi, Nick, tu sais.

— Je ne nage pas sept kilomètres ! D'ailleurs l'eau est trop froide. Et il y en a beaucoup trop. Notre seul espoir est de résoudre le problème avant que le tueur frappe à nouveau.

— Tu as raison, Nick.

Tim a fermé les yeux, puis il les a rouverts.

— On pourrait convaincre un des autres de nager...

— L'un des autres est le tueur, Tim ! J'ai aperçu quelqu'un sur le balcon, je ne l'ai pas inventé. Brenda l'a vu aussi.

— C'était peut-être Mark. Il est rapide.

— Brenda était essoufflée en sortant de la cuisine. Elle descendait peut-être du toit...

Une mouette est passée au-dessus de nous en poussant des cris sinistres. Je savais ce qu'elle ressentait. Moi aussi j'avais envie de crier.

— Ce qui nous manque, c'est le mobile. Réfléchis, Tim. Tu étais au lycée avec ces gens. Il n'en reste que trois. L'un d'eux aurait-il une raison de tuer tous les autres ?

Tim a soupiré.

— Les seules personnes qui ont jamais menacé de me tuer étaient mes professeurs. Le prof d'anglais m'a jeté une craie, une fois. Et comme il m'avait manqué, il a jeté le tableau noir.

— Comment t'entendais-tu avec Mark ?

— On jouait aux billes ensemble. Un jour je lui ai gagné toutes les siennes. Mais je ne crois pas qu'il m'en veuille encore.

— Et Brenda Blake ?

Tim a réfléchi avant de répondre.

— Elle faisait partie de la chorale. Et aussi de l'équipe de rugby. Elle chantait dans la mêlée. On se moquait d'elle, mais ce n'était pas méchant.

— Elle pensait peut-être le contraire.

Les vagues roulaient doucement vers nous. Je fixais la côte dans le vain espoir d'apercevoir le bateau de Horatio Randle. Mais l'horizon était désert. Le capitaine Randle nous avait dit qu'il reviendrait dans trois jours. Nous étions arrivés le mercredi. Il ne reviendrait donc pas avant le week-end.

— Et Eric Draper, Tim ?

— Quoi, Eric Draper ?

— Il pourrait être l'assassin. Il est assez costaud pour avoir transporté le globe sur le toit. Tu te souviens d'un détail particulier à son sujet ?

Tim a ri.

— On s'est bien amusés avec lui ! Je n'oublierai jamais le jour où on lui a ôté son pantalon avant de le jeter dans le canal !

— Vous l'avez jeté dans le canal ? Pourquoi ?

— Eh bien..., il était très autoritaire. On voulait lui faire une blague. L'ennui c'est qu'il a failli se noyer. Et le canal était tellement pollué qu'il a passé six mois à l'hôpital.

— Tu veux dire que, tous les sept, vous avez failli le tuer ? Il ne t'est pas venu à l'idée que cette histoire pouvait être une vengeance ?

— Mais on voulait juste s'amuser !

— Vous l'avez presque tué, Tim ! Lui, ça n'a pas dû l'amuser.

Je me suis levé. Les trois autres devaient nous attendre. Du moins s'ils avaient survécu pendant la dernière demi-heure.

— Je regrette d'être venu, a grommelé Tim.

— Moi aussi.

— Pauvre Libby. Pauvre Sylvie. Pauvre Janet. Et pauvre Rory. Il y est passé le premier.

Nous avons fait quelques pas en silence. Soudain, je me suis figé.

— Qu'est-ce que tu viens de dire, Tim ?

— Rien !

— Si. Avant de te taire, tu as dit quelque chose.

— Je t'ai demandé quel lit tu préférais.

— Non, ça c'était hier.

Je me suis remémoré ses dernières paroles et, tout à coup, tout s'est éclairci.

— Tu es génial, Tim !

— Merci. Heu... qu'est-ce que j'ai fait ?

— Dis-moi une chose. Est-ce que Libby était première dans une matière, en classe ? En géographie, par exemple.

— Oui, elle était première en géographie. Comment le sais-tu ?

— Rentrons.

Eric, Mark et Brenda étaient dans le salon de musique. C'était une sorte de chapelle, avec une grande fenêtre en vitrail et un haut plafond voûté. Rory McDougal devait se prendre pour un musicien. Il y avait de grandes orgues contre un mur. Les autres murs étaient ornés d'antiques pistolets : des mousquets et des pistolets à silex. Un endroit idéal pour un tueur en série. Il y avait plus d'armes que dans la tour de Londres.

Les survivants étaient assis dans de massifs fauteuils de cuir. Et moi en face d'eux. Je me sentais un peu dans la peau d'Hercule Poirot à l'issue d'une de ses affaires. J'avais la certitude de parler au meurtrier. Il ou elle était dans l'assistance.

Une horloge a sonné neuf heures. La nuit était tombée.

— Vous êtes sept à avoir été invités sur l'île Crocodile. Et je sais maintenant que vous avez tous un point commun.

— Nous étions dans le même lycée, m'a interrompu Tim.

— Je sais, Tim, mais il s'agit d'autre chose. Vous avez tous obtenu un prix dans une matière. Rory était premier en maths. Libby, première en géographie...

— Je ne vois pas le rapport, a aboyé Eric.

— Vraiment ? Libby était première en géographie et on l'a assommée avec un globe terrestre. Sylvie Binns était première en chimie et je pense qu'elle a été empoisonnée.

— Janet était première en français, a murmuré Mark.

— Cela explique pourquoi on l'a poignardée avec une tour Eiffel. Et Rory était premier en maths.

— Lui aussi a été poignardé, a dit Eric.

— Il a été plus que poignardé. Il a été coupé en morceaux. Divisé !

Un silence pesant s'est abattu sur le salon de musique. Brenda l'a rompu.

— Voilà pourquoi Johnny n'a pas été invité. Il n'était premier en rien. Toujours deuxième...

— Mais alors..., a bredouillé Eric, tout pâle. J'étais premier en histoire.

— Et moi cn sport, a dit Mark.

— Moi, en musique, a ajouté Brenda.

Chacun s'est tourné vers Tim. Lui n'était sans doute jamais arrivé premier en quoi que ce soit. Il a rougi.

— Et toi, Tim ? En quoi étais-tu premier ? ai-je demandé.

— En rien.

Je savais qu'il mentait.

— Tu dois nous le dire. Ça peut être important.

— Je me rappelle..., a commencé Brenda.

— D'accord, a soupiré Tim. J'étais premier en couture.

— En couture ? !

— Eh bien..., oui. C'était mon hobby. Enfin... Je ne voulais pas avoir le prix. Mais... je l'ai eu. Grâce à un mouchoir brodé.

L'idée de Tim gagnant le premier prix de couture m'aurait, en d'autres circonstances, fait mourir de rire. Mais je n'avais pas envie de mourir, et ce n'était pas le moment de rire. Avec un peu de chance, je pourrais le faire plus tard.

— Attendez un peu ! est intervenu Eric.

Il semblait énervé. Peut-être parce que j'avais dix ans de moins que lui et que c'était moi qui avais résolu l'énigme.

— Tu penses que je vais être victime d'un assassinat... historique, parce que j'étais premier en histoire ?

— Vraisemblablement.

— Mais comment ?

J'ai pointé le doigt vers les armes anciennes.

— Peut-être avec un de ces pistolets.

— Et moi ? a gémi Brenda.

— Tu n'es pas un tromblon, a dit Tim.

— J'étais première en musique.

Brenda a levé les yeux sur l'orgue comme s'il allait lui sauter dessus pour la dévorer.

— Mais qui est l'assassin ? a coupé Mark. Ce

devrait être l'un de nous, il n'y a personne d'autre sur l'île !

— C'est lui ! a crié Brenda en désignant Eric. Il ne nous a jamais pardonné de l'avoir jeté dans le canal. Il se venge.

— Et toi, alors ? a répliqué Eric. Un jour tu as dit que tu nous tuerais tous ! Je m'en souviens parfaitement !

— C'est vrai, a acquiescé Mark.

— Vous n'arrêtiez pas de vous moquer de moi, a gémi Brenda, parce que j'avais des couettes et les dents en avant.

— Et que tu étais grosse, lui a rappelé Tim.

— Mais je ne pensais pas ce que je disais ! s'est défendue Brenda en se tournant vers Mark. Toi, tu voulais tuer Tim parce qu'il t'avait gagné tes billes !

— Je les ai reperdues le lendemain, a dit Tim.

— C'est vrai, j'aurais volontiers étranglé Tim, a avoué Mark. Mais je ne me suis jamais disputé avec toi, ni avec Eric, ni avec aucun autre.

— C'est forcément l'un d'entre nous, a repris Eric. À l'exception de Tim.

— Pourquoi pas moi ? a protesté mon frère.

— Parce que tous ces meurtres sont l'œuvre d'un fou diabolique. Or tu n'es pas diabolique. Tu es juste débile.

— Oh, merci !

— Et je sais que ce n'est pas moi..., a poursuivi Eric.

— C'est toi qui le dis, l'a coupé Brenda.

— Je sais que ce n'est pas moi, donc ce doit être Mark ou Brenda.

— Et Sylvie ? a suggéré Tim.

— Elle est déjà morte, Tim, lui ai-je rappelé.

— Ah oui.

— Tout cela est absurde, a dit Mark. Ce qui m'intéresse, c'est de savoir ce que nous allons faire. Nous risquons de rester bloqués jusqu'au retour du capitaine Randle, et à ce moment-là, il sera peut-être trop tard !

J'ai décidé d'intervenir :

— J'aimerais faire une suggestion.

Tout le monde s'est tourné vers moi.

— Il ne faut plus nous éloigner les uns des autres.

— Le petit a raison, a acquiescé Mark. Tant que nous resterons ensemble, nous serons en sécurité.

— Très juste, a renchéri Tim. Que chacun garde les yeux bien ouverts. Tu es génial, Nick.

À ce moment, toutes les lumières se sont éteintes. C'était arrivé si soudainement que j'ai cru que j'avais perdu connaissance ou que j'avais fermé les yeux sans m'en rendre compte. La dernière image qui me restait en mémoire était celle d'Eric, Mark, Brenda et Tim, figés comme sur une photographie.

— Pas de panique ! a crié Eric.

Un coup de feu a retenti et Tim a hurlé. L'espace d'une seconde, j'ai pensé qu'il avait été touché. Je me suis forcé au calme. Mon frère avait été premier en couture, il ne pouvait pas être tué par une arme à feu.

Je l'ai appelé.

— Tim !

— Nick ? Je peux paniquer, maintenant ?

— Eric ?

C'était la voix de Mark.

On a entendu une sorte de grognement, suivi d'un bruit sourd. Au même moment, la porte s'est ouverte et refermée. Je me suis redressé, cherchant à percer les ténèbres. En vain. Je ne voyais même pas ma main devant mon visage.

— Tim ?

— Nick ?

J'étais soulagé d'entendre sa voix.

— Eric ?

Silence.

— Brenda ?

Rien.

— Mark ?

La lumière est revenue. Il n'y avait que deux personnes vivantes dans la pièce. J'étais debout devant le canapé. Un pas de plus et j'aurais renversé la table basse, sous laquelle Tim s'était réfugié. Eric était à terre. Abattu d'une balle de pistolet. Celui-ci fumait encore, sur le tapis. L'assassin avait dû le prendre sur le râtelier mural, tirer, et le laisser tomber. Brenda était toujours assise dans son fauteuil. Morte, elle aussi. L'un des tuyaux de l'orgue – le plus gros – lui était tombé dessus. C'était le bruit sourd que j'avais entendu. Brenda avait chanté son dernier opéra.

Mark avait disparu.

— Ça va, Tim ?

— Oui !

Il avait l'air étonné.

— Je n'ai pas été tué !

— Je vois.

J'ai attendu qu'il émerge de sous la table basse et j'ai ajouté :

— Au moins, maintenant, nous connaissons l'assassin.

— Ah oui ?

— Mark. Mark Tyler...

— J'ai toujours su que c'était lui. L'intuition, sans doute. Ou l'expérience. Je savais qu'il était le meurtrier avant même qu'il ait commencé à tuer.

— Pourtant ça m'étonne, Tim.

L'idée que Mark soit l'assassin m'ennuyait parce que, soyons franc, c'était la dernière personne que j'aurais soupçonnée.

— Où est-il allé, à ton avis ? a demandé Tim.

— Je ne sais pas.

Nous avons quitté le salon avec prudence. En fait, Tim m'a laissé passer le premier. Si je ne m'étais pas trompé, Mark devait nous attendre quelque part. Ou tout du moins attendre Tim. Si le scénario était respecté, il devait être tué avec une aiguille puisque, au lycée, il avait obtenu le premier prix de couture. Mais quel genre d'aiguille ? Une aiguille à coudre plongée dans du poison ? Une seringue hypodermique ?

Tim avait dû arriver à la même conclusion. Il regardait partout, n'osait rien toucher, avançait à pas craintifs. Nous sommes arrivés dans le grand hall. La porte d'entrée était ouverte.

— Il est peut-être sorti, a dit Tim.

— Pour le trouver, ça va être aussi difficile que de chercher une aiguille dans une botte de foin.

Tim a frissonné.

— Ne me parle pas d'aiguille.

Nous n'avons pas eu loin à aller. Mark était bien dehors. Le champion avait définitivement franchi la ligne d'arrivée. Un javelot planté dans la poitrine, il gisait sur la pelouse. On aurait dit une saucisse sur un pic.

— C'est... c'est... c'est..., a bredouillé Tim.

— Oui, c'est Mark.

Quelques feuilles jonchaient le sol autour du corps. Cela m'a intrigué car les arbres les plus proches étaient à plus de dix mètres. Toutefois ce n'était pas le moment de jouer au détective. Il n'y avait plus de suspects... mais encore une victime potentielle.

J'ai regardé Tim.

Tim m'a regardé.

Nous n'étions plus que deux.

5

Tim a mal dormi, cette nuit-là. Il cherchait des aiguilles partout. Vers une heure du matin, nous avions acquis la certitude qu'il n'y en avait pas dans notre chambre. Malgré cela, il lui a fallu plusieurs heures pour s'endormir. J'avoue qu'il est malaisé de dormir revêtu d'une armure médiévale.

Enfin endormi, Tim n'a pas ronflé. Il cliquetait. Chaque fois qu'il roulait sur le côté, on aurait dit des boîtes de conserve dans une machine à laver.

À trois heures et demie, il s'est réveillé en hurlant.

— Qu'y a-t-il, Tim ?

— J'ai fait un cauchemar, Nick.

— Laisse-moi deviner. Tu as vu une aiguille.
— Non. Une botte de foin.

Le lendemain matin, j'étais tout ankylosé. J'avais l'impression d'avoir dormi sur un matelas de clous. Mais je n'ai rien dit à Tim. Il aurait piqué une crise de nerfs.

Nous avons pris le petit déjeuner dans la cuisine. En vérité nous n'avions pas faim. Et puis Tim était terrifié à l'idée de manger. J'avais réussi à le convaincre d'enlever son armure, mais il redoutait de tomber sur une aiguille dans les céréales ou le thé. J'ai fini par lui donner une paille, obstruée à une extrémité par un mouchoir en papier en guise de filtre. Il a ainsi pu boire un peu de jus d'orange et manger un œuf à la coque à peine cuit.

J'étais désemparé. J'avais l'impression d'être dans un roman d'Agatha Christie, mais je ne pouvais pas sauter à la dernière page pour connaître le coupable. Une idée déplaisante avait commencé à germer dans mon esprit. L'assassin allait-il s'arrêter à Tim ? Je n'étais pas un ancien de St. Egbert, mais j'étais le seul témoin et j'en avais trop vu.

Nous avions supposé que personne ne se cachait sur l'île, mais je savais que c'était faux. Dans le salon, quelqu'un avait éteint les lumières

– non seulement celles du salon de musique mais de toute la maison. Quelque part il devait y avoir un interrupteur général. Ce qui amenait une autre question : comment l'assassin avait-il pu à la fois actionner l'interrupteur, tirer sur Eric et pousser l'orgue sur Brenda ?

Vous savez sans doute ce qu'on ressent lorsqu'on vous donne un devoir difficile. Une équation impossible ou un exercice de physique ardu. Vous regardez le devoir. Ce ne sont que des gribouillis incompréhensibles. Vous êtes sur le point de renoncer lorsque, soudain, vous prenez conscience que ce n'est pas si difficile. Eh bien, c'est exactement ce qui m'est arrivé.

Pendant l'exploration de l'île, j'avais remarqué la présence de caméras de surveillance partout. En ce moment même, la caméra de la cuisine m'épiait. Y en avait-il aussi dans les chambres ? Puis je me suis rappelé les paroles de Mark devant la photographie de St. Egbert. À cette seconde, le mystère s'est éclairci.

— J'ai tout compris, Tim !

— Moi aussi, Nick.

Il me jetait le même regard qu'un poisson resté trop longtemps hors de l'eau.

— Tu sais qui est l'assassin, Tim ?

— Oui.

— Je t'écoute.

— C'est simple ! Au début, nous étions huit. Puis sept, puis six, puis cinq...

— Je sais compter, Tim.

— Il ne reste plus que nous deux. Or je sais que ce n'est pas moi le coupable.

Il s'est penché et a saisi une cuiller. Quand il s'est aperçu de ce qu'il tenait dans la main, il a lâché la cuiller et a saisi un couteau, qu'il a brandi dans ma direction.

— Donc le tueur, c'est toi.

— Quoi ?

— Il ne reste que nous deux. Si ce n'est pas moi, c'est donc mon frère.

— Ce n'est pas moi, Tim ! Ne sois pas ridicule.

Je me suis levé. C'était une erreur.

— Ne t'approche pas !

Tim s'est levé d'un bond et a sauté par la fenêtre. C'était impressionnant. La fenêtre n'était pas ouverte. Je n'en revenais pas. Je savais que mon frère était stupide, mais là il battait son propre record. En même temps j'étais très inquiet. Maintenant que je connaissais l'assassin, je ne doutais plus que Tim serait sa prochaine victime. Et il était dehors, seul.

Je n'avais pas le choix, je me suis élancé à sa poursuite. Tim courait en direction de la queue de l'île Crocodile. Il tentait sans doute de mettre le plus de distance possible entre nous, sans penser qu'il n'y avait aucune issue.

— Tim !

J'ai couru derrière lui sur le chemin qui gravissait la falaise. C'était un cul-de-sac. J'ai ralenti. Tim ne pouvait aller plus loin.

Arrivé au bord de la falaise, il s'est retourné face à moi.

Il tenait toujours le couteau. Je me suis aperçu que c'était un couteau à beurre. Tim était pâle, ses yeux exorbités me fixaient. La dernière fois que je lui avais vu cette expression, c'était quand on avait regardé *Jurassic Park* à la télé.

— Éloigne-toi, Nick !

— Pourquoi voudrais-je te tuer, Tim ? Je suis ton frère.

J'ai songé à lui dire que je l'aimais tendrement, mais il ne m'aurait pas cru.

— Je t'aime bien, Tim ! Tu t'occupes de moi depuis le départ de papa et maman en Australie.

Tim hésitait. Je voyais le doute dans ses yeux. Il a baissé le couteau à beurre. Une vague énorme s'est fracassée contre les rochers, des embruns froids et glacés nous ont éclaboussés. En regardant les rochers, derrière Tim, une idée s'est formée dans mon esprit. Six rochers pointus émergeant de la mer. Ce genre de rochers a un nom. Longs, effilés, pointus, dressés dans l'eau...

On les appelle des aiguilles.

Je ne peux expliquer précisément ce qui s'est passé ensuite, mais je sais que tout est survenu en même temps.

Une petite explosion s'est produite juste à l'endroit où se tenait Tim. Sous ses pieds, le sol s'est fendu et effondré.

Tim a poussé un cri en levant les bras. Le couteau à beurre a volé en l'air. Je me suis rué en avant, et par miracle, j'ai réussi à saisir la chemise de Tim et à le tirer en arrière.

— Ne me tue pas ! a gémi mon frère.

— Je te sauve, idiot !

Nous avons roulé sur le sol, loin du bord de la falaise... J'avais de l'herbe dans la bouche, mais encore assez d'esprit pour comprendre que l'assassin avait de nouveau sévi. Il avait vraisemblablement enterré une charge d'explosif au bord de la falaise. Puis il avait actionné un détonateur...

Nous étions allongés sur l'herbe, le soleil nous aveuglait. Tout à coup, j'ai distingué une ombre qui avançait vers nous. Je me suis redressé et j'ai levé les yeux sur la silhouette de l'homme qui approchait en boitant. Il tenait un émetteur radio dans une main et un revolver dans l'autre.

— Tiens ! a-t-il dit. On dirait que mon plan a échoué.

Tim dévisageait l'homme. Son œil borgne, son unique jambe, sa grosse barbe.

— Mais c'est... c'est...

— Horatio Randle, Tim. Le capitaine du *Médaille d'Argent*.

— Bravo, petit ! a dit Randle.

— Mais ce n'est pas votre nom, n'est-ce pas ? Randle est un anagramme. Si on inverse les lettres, on obtient...

— Endral ! s'est exclamé Tim.

— Non, Tim. Nadler. Je pense que ce monsieur est Johnny Nadler. Ton ancien copain du lycée St. Egbert.

L'homme a posé l'émetteur, qui lui avait probablement servi de détonateur pour la charge d'explosif. Mais il n'a pas lâché son arme. De sa main libre, il a enlevé sa fausse barbe et le cache qu'il portait sur l'œil. Puis il a pivoté pour détacher le pilon et libérer sa jambe attachée en arrière. Cela ne lui a pris que quelques secondes mais j'ai eu le temps de reconnaître le fin profil de l'adolescent de la photo.

— Apparemment, tu as pigé, petit.

Son accent aussi avait changé. Il n'était plus le jovial capitaine. Il était l'assassin. Et il était fou.

— Oui, j'ai tout compris.

— Mais c'est impossible ! a bredouillé Tim. Il n'a pas pu tuer les autres. Il n'y avait personne sur l'île.

— Si, c'est Nadler. Depuis le début.

En bas, la mer se déchaînait. Nadler a souri et grogné :

— Continue.

— Je sais comment vous avez procédé. Mercredi, vous nous avez attendus sur le quai, déguisé en marin. C'est vous qui avez envoyé les invitations et offert mille livres pour être certain que tout le monde viendrait. Rory McDougal n'avait rien à voir là-dedans.

— Exact, a répondu Nadler en souriant.

Son sourire était très inquiétant. Il savait que je n'aurais jamais l'occasion de raconter cette histoire à quiconque.

— Vous avez tué Rory et laissé le chocolat empoisonné dans la chambre de Sylvie. Ensuite vous êtes venu nous chercher, vous nous avez déposés sur l'île, puis vous êtes reparti. Vous n'aviez aucune raison de rester. Tout était préparé.

— Tu veux dire que... il n'était pas là quand il a tué les autres ? s'est étonné Tim.

Il était toujours allongé sur l'herbe, un bouton d'or logé derrière l'oreille.

— En effet. Tu te souviens des paroles de

Mark ? Il a dit que Johnny Nadler jouait avec des modèles réduits d'avions et de voitures qu'il fabriquait. Je suppose que cet émetteur est une télécommande.

— Mais oui ! s'est écrié Tim. Johnny était un type très ingénieux. Un jour, il a fait atterrir un de ses petits hélicoptères sur la tête du prof de sciences.

— C'est de cette façon qu'il a assassiné tous les autres.

J'ai respiré à fond, en cherchant un moyen de nous tirer de cette impasse. Tim était tout près du bord de la falaise. À deux mètres à peine. Nous étions tous les deux à terre, et Nadler debout devant nous, un revolver à la main. Un simple geste, et il nous abattait. Je devais chercher un moyen de détourner son attention.

— Janet Rhodes a été poignardée avec une tour Eiffel. J'ai remarqué que la toile du baldaquin était déchirée au-dessus de son lit. J'aurais dû comprendre que la maquette était montée sur un mécanisme à ressort. Nadler savait que Janet dormait dans cette chambre, et il n'avait qu'à presser un bouton pour propulser le modèle réduit de la tour Eiffel.

— En effet, a ricané Nadler.

— Mais... et le visage que tu as aperçu derrière la fenêtre ? a dit Tim.

— Probablement un hélicoptère téléguidé, Tim. Avec un masque qui pendait dessous. Pour Nadler, rien de plus facile !

— Mais lui, comment pouvait-il nous voir ?

J'ai jeté un coup d'œil à Nadler. Il a hoché la tête. Il était ravi que j'explique ses tours de passe-passe.

— L'île entière est truffée de caméras. Nadler savait où nous étions à chaque minute de la journée.

— Encore exact ! a ricané Nadler, visiblement content de lui.

— Je n'ai eu aucun mal à détourner le système de McDougal et à renvoyer les images sur mon propre écran de contrôle. Je vous ai même vus dans votre bain !

— C'est scandaleux ! a protesté mon frère en rougissant.

Il devait être vexé que Nadler l'ait vu jouer dans la baignoire avec son canard en plastique.

— Nadler avait placé le globe terrestre sur le toit, ai-je poursuivi. Si nous étions montés, nous aurions probablement découvert une sorte de rampe de lancement. Il a dû attendre que Libby sorte, et il a pressé le bouton de la télécommande pour propulser le globe. Il a éliminé Eric et Brenda de la même manière. D'abord il a coupé le courant, ensuite il a tiré un coup de feu et fait tomber l'orgue... Tout cela avec sa télécommande. Pour Mark, je ne sais pas. Comment avez-vous fait, Nadler ?

— Le javelot était dissimulé dans les branches d'un arbre, s'est empressé d'expliquer Nadler. Il était fixé sur un gigantesque élastique. Ensuite, la télécommande. Exactement comme une arbalète... mais beaucoup plus grosse.

Cela expliquait les feuilles autour de Mark. Certaines avaient été arrachées au moment du tir.

— On en arrive à toi, Tim. Nadler voulait que tu tombes sur les aiguilles rocheuses. Toi mort, sa vengeance était totale.

— Sa vengeance ? Mais de quoi voulait-il se venger ?

— Il était toujours deuxième, voilà pourquoi. N'est-ce pas, Nadler ? D'ailleurs, le nom que vous avez donné à votre bateau n'est pas innocent. Le *Médaille d'Argent*. C'est la médaille qu'on donne aux seconds.

— Exact, a acquiescé Nadler, les lèvres crispées dans un rictus douloureux.

Son index s'est recourbé sur la détente du revolver et il m'a jeté un regard haineux.

— J'étais deuxième partout, même en couture, alors que j'avais brodé une serviette à thé beaucoup plus jolie que le mouchoir de ton imbécile de frère !

— Il était beau, mon mouchoir ! a protesté Tim.

— Tais-toi ! a crié Nadler.

Un instant, j'ai cru qu'il allait abattre Tim. La main qui pointait le revolver sur nous ne tremblait pas.

— Savez-vous combien c'est pénible d'être deuxième ? Arriver dernier n'a aucune importance. Pas plus que cinquième ou sixième. Mais quand vous êtes deuxième, tout le monde le remarque. Vous avez raté la première place ! Et tout le monde est désolé pour vous. Pauvre vieux Johnny ! Il n'était pas assez bon.

Il a repris sa respiration avant de poursuivre.

— Toute ma vie j'ai été deuxième. Quand je postulais pour un emploi, j'étais toujours l'un des deux premiers candidats retenus, mais c'était toujours l'autre qui était engagé. La fille avec qui je sortais a préféré en épouser un autre parce que, pour elle, j'étais un perdant. L'éternel numéro deux ! Numéro deux ! Je hais le numéro deux...

Il a pointé le revolver sur Tim, le regard étincelant de fureur.

— Et tout ça c'est de votre faute. Tout a débuté à St. Egbert. C'est là que j'ai commencé à être second et c'est pourquoi j'ai décidé de prendre ma revanche. Vous pensiez être les meilleurs en tout. Eh bien, je vous ai donné une leçon ! Je vous ai tous tués !

— Tu ne m'as pas encore tué ! s'est écrié Tim.

Ce n'était pas une bonne idée de le lui rappeler.

— Je vais le faire tout de suite. Quant à toi, petit malin, tu n'étais pas prévu au programme mais c'est sans importance. Tu es trop futé. Je vais me faire un plaisir de te liquider !

Il a visé.

J'ai hurlé.

— Non !

Il a tiré sur Tim.

— Raté ! s'est esclaffé Tim, en roulant sur le côté.

Il riait encore quand il a basculé par-dessus le bord de la falaise.

— Tim !

— Et maintenant, à ton tour, a dit Nadler.

Un second coup de feu a éclaté. Nadler est tombé en avant. Inerte. Derrière lui est apparu Eric Draper. Sa chemise était maculée de sang et il était d'une pâleur mortelle. Mais vivant. Il tenait un vieux pistolet à silex dans la main.

— Je n'étais que blessé..., a hoqueté l'avocat d'une voix rauque.

Mais Eric Draper ne m'intéressait pas, même s'il venait de me sauver la vie. J'ai rampé jusqu'au bord de la falaise pour regarder en bas.

— Ohé, Nick !

Un gros buisson avait poussé sur le flanc de la falaise, et Tim était tombé dessus. J'ai tendu la main. Tim l'a saisie. Je l'ai hissé et nous nous sommes affalés sur l'herbe, au soleil.

Le *Médaille d'Argent* était amarré à la jetée. J'ai pris les commandes et mis le cap sur la côte. Eric était allongé dans la cabine. Il avait perdu beaucoup de sang mais il survivrait. Tim était à côté de moi. Nous avions laissé sept cadavres sur l'île Crocodile.

Je vous avais prévenus que c'était une histoire horrible.

— Pardonne-moi de t'avoir pris pour l'assassin, a dit Tim.

— Ce n'est rien, Tim. N'importe qui aurait pu se tromper.

Il tanguait sur ses pieds et j'ai soudain eu pitié de lui.

— Tu devrais t'asseoir, Tim. La traversée va prendre un moment.

Il a secoué la tête en rougissant.

— Je ne peux pas.

— Pourquoi ?

— Le buisson dans lequel je suis tombé. Il était très... piquant. J'ai les fesses pleines de...

— De quoi ?

— D'aiguilles !

J'ai mis les gaz et le bateau a fait un bond en avant. Derrière nous, l'île Crocodile s'est estompée dans la brume matinale.

TABLE

Composition PCA - 44400 Rezé

Imprimé en en Espagne par LIBERDÚPLEX
32.10.2338.5/01 - ISBN : 978-2-01-322338-6
Loi n° 49-956 du 16 juillet 1949 sur les publications destinées à la jeunesse
Dépôt légal : avril 2007